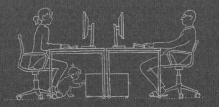

부부 건축가 생존기,
그래도 건축

전보림·이승환 지음

부부 건축가
생존기,

그래도
건축

눌와

차례

들어가며:
건축의 가치, 건축가의 자리

전보림·이승환

"무슨 일 하세요?"

"아 네, 저는 건축 설계 일을 해요."

건축학과를 대학원까지 졸업하고 실무를 10년 넘게 했고, 국가 공인 전문가 자격증까지 있는 데다 지금은 이름을 걸고 사무실을 열어 설계를 하면서도 여전히 우리는 직업을 소개해야 할 때마다 뭐라고 말해야 하나 한 박자 망설이게 된다. 건축사라고 말하자니 상대방이 모를 수도 있을 것 같고, 건축가라고 말하자니 마치 예술가인 양 빼기는 것 같아 민망하다. 그래서 순전히 무슨 일을 하냐는 질문에만 직설적으로 충실하자는 심정으로 그냥 건축 설계 일을 한다고 대답할 때가 많다. 그러면 대답을 들은 사람의 얼굴엔 여러 가지가 섞여 해석하기 어려운 표정이 떠오른다. 익숙함도, 감탄도, 실망도, 이해도, 그 어느 것도 아닌 막연함의 눈빛.

우리로서는 꽤나 자주 겪게 되는 이런 상황이야말로 건축가라는 직업을 둘러싼 우리 사회 인식의 단면을 적나라하게 보여주는 것이 아닐까 싶다. 건축가는 자신을 소개할 당연한 말을 찾느라 단어를 더듬게 되고, 들은 사람은 적절한 반응을 알지 못해 난감한 표정을 짓는 상황. 건축 설계라는 일과 건축가라는 직업은 이렇게 아직 이 사회에서 제자리를 잡지 못했다.

건축가인 우리는 이런 현실이 늘 안타까웠다. 건축사사무소를 열고 일을 해보니 더더욱 그러했다. 그런데 놀랍게도 이런 감정이 우리만의 것은 아니었는지, 우리 사무실 블로그의 글을 재미있게 읽었다며 어느 날 출판사에서 연락을 해왔다. 작은 설계사무소를 운영하는 건축가들의 현실을 일반 대중에게도 알릴 수 있는 책을 만들자면서. 이 책은 그렇게 시작되었다.

우리의 블로그는 본디 사무실을 연 직후 막연히 홍보에 보탬이 되지 않을까 하고 만든 것이었는데, 취지에는 맞지 않게 그저 그때그때 쓰고 싶은 글을 써서 빨래처럼 주렁주렁 널어놓고만 있었다. 내용도 우리 작업에 대한 설명보다는 일을 하면서 느낀 사회의 불합리에 대한 불만과 성토 혹은 하소연이 대부분이었다. 그래서 우리는 이런 글들이 당최 책이 될 수 있으리란 생각조차 하지 못하고 있었다. 그런데 출판 제의를 받고 보니 우리가 글에서 줄기차게 써오던 내용, 즉 이 사회가 잘 모르는 건축가의 현실과 그들이 하는 일의 가치를 알리는 책을 내는 것이야말로 우리 글의 지향점과 맞닿아 있다는 생각이 들었다. 그래서 그동안 쓴 글들을 모아 얼개를 짜면서 몇 개의 글을 더 써넣고 다듬어 정리했다. 결국 이 책은 건축 이론서도 아니고, 건축가로서 우리의 작업을 알리기 위한 사심이 담긴 글도 아니며, 그저 건축 설계를 직업으로 선택하고 설계사무소를 열면서 남기기 시작한 직업적 현실에 대한 기록의 묶음이다. 그래서 건축을 잘 모르거나 건축가에게 별 관심이 없는 사람이라도 부담 없이 읽을 수 있는 내용이라 생각한다.

건축은 개인적인 작업에서 출발하지만, 그 결과는 우리 사회가 같이 만들어내는 것이다. 이 책도 그런 점을 염두에 두고 구성했다. 1부 '우리는 부부 건축가'에서는 건축가로서의 출발을 뒤돌아본 개인사로서, 한 손으로 꼽아도 남을 정도로 몇 안 되는 프로젝트지만 하나하나 밟아갔던 그 고민의 과정을 적었다. 2부 '어쩌다 보니 공공 건축가'는 지금까지 우리 건축 작업의 핵심이 되었던 공공 건축에 대한 이야기다. 개인적인 건축 작업이 공공 영역으로 확장되면서 겪었던 충돌의 기록을 담았다. 3부 '어쩔 수 없이 생존형 건축가'에서는 개인사로 돌아와서 사무실을 꾸리면서 맞닥뜨렸던 현실적인 문제들을 이야기하고 싶었다. 4부 '대한민국에서 건축가로 산다는 것'에서는 다시 사회로 시선을 돌려 좀 더 큰 관점에서 우리나라 건축계를 돌아보았다.

건축 설계라는 일과 건축가라는 직업을 설명하고 싶다면

서, 수많은 설계사무소 중 하나일 뿐인 우리의 어쩌면 상당히 별난 이야기가 어떻게 보편성을 얻어서 직업 자체에 대한 이해에 가 닿을 수 있을까 걱정되기도 한다. 그러나 소설이 하나의 이야기를 통해 읽는 이에게 세상에 대한 이해에 다리를 놓듯이, 우리의 이야기도 어쩌면 그럴 수 있을 거라는 희망을 가져본다. 우리에겐 그래도 건축이 소중하기 때문에.

1부

우리는
부부 건축가

부부 건축가가
되기까지

전보림

우리는 부부 건축가다. 건축계에선 시시할 정도로 흔한 것이 부부 건축가지만, 사실 건축가가 되는 일 자체는 그리 녹록지 않다. 대학의 건축학과는 대부분 5년제인 데다 건축물을 제대로 설계할 정도의 능력을 갖추려면 학교를 졸업하고도 의사처럼 긴 실무 수련 기간을 거쳐야 한다. 그리고 건축 관련 회사에서 3년 이상의 실무 경력을 쌓아야 비로소 국가 공인 자격증인 건축사 시험에 응시할 수 있다.

사실 건축 공부의 유난스러움은 대학교 때부터 시작된다. 대부분의 학생들에게 대학의 전공 학문은 생소하고 어렵겠지만, 건축학과의 필수 과목인 설계 수업은 건축학과 학생에게 다른 종류의 헌신을 요구한다. 일주일에 한두 번 있는 설계 수업 때마다 자신의 작업 내용을 선생님께 보여드리고 다음 방향에 대해 조언을 들어야 하는데, 그 준비 과정이 그야말로 시간을 잡아먹는 괴물이나 다름없기 때문이다. 1학년 때는 뭘 해야 할지 몰라서 시간을 많이 쓰고, 학년이 올라가면 설계할 내용이 많아져서 또 긴 시간을 들이게 된다. 그런데 알다시피, 학교 다니면서 설계 수업만 듣는 것은 아니지 않은가. 게다가 설계 수업은 두어 달에 한 번씩 학생들과 여러 선생님들 앞에서 자신의 설계안을 발표까지 해야 한다. 상황이 이렇다 보니 건축학과 학생들의 대학 생활에 대한 장밋빛 꿈은 입학하자마자 물거품처럼 사라지고 과제에 치여 사는 생활이 졸업 때까지 계속된다. 자주 날밤을 새느라 설계실 한구석엔 간이식 침대들이 주르륵 놓여 있고, 건축과 건물의 화장실 한 칸은 아예 샤워실로 만들어져 있기도 하다. 과제 제출일이 다가오면 집에도 못가고 일주일 남짓 학교에서 먹고 자며 과제를 하는 경우도 허다하다. 그렇게 매주 치열하게 준비해도 끊임없이 비교당하고 평가받는 과정이 설계 수업이니, 즐기지 않으면 버티기 힘들다.

문제는 그런 과정을 거쳐 무사히 졸업을 해도 끝이 아니라는 점이다. 졸업을 하고 나면 실무 경험을 쌓기 위해 건축 관련 회사에 취직하는데 회사 생활 역시 만만하지 않다. 우리나라 평균 노동 시간은 다른 나라에 비해 확연히 길다는데, 건축 설계직은 그중에서도 특히 야근이 많고 급여는 적기로 유명하다. 20여 년 전 이야기긴 하지만 일주일 근무 시간이 야근을 포함하여 100시간을 넘었다는 무용담도 들은 적이 있다. 주 52시간 근무제 시행 초기인 지금엔 그야말로 전설 속의 이야기가 되었지만 말이다.

아무튼 고된 직장 생활을 견뎌내며 실무 경력을 3년 이상 쌓으면 건축사 시험을 볼 자격이 주어진다. 여기서 중요한 건, 그

지난한 과정을 거치고 얻은 것이 건축사 '자격증'이 아니라 건축사 시험에 '응시할 수 있는 자격'이라는 점이다. 아무렴 '사' 자가 붙는 국가 공인 자격증을 시험도 없이 줄 수는 없을 것이다. 의사도 대학을 다닌 후 의사 국가고시를 봐서 합격해야 면허를 받을 수 있지 않는가. 그런데 건축사 자격시험과 의사 자격시험 사이에는 결정적인 차이가 하나 있다. 바로 합격률이다. 의사 국가고시의 합격률은 2019년 기준으로 94.2퍼센트에 이르지만, 건축사 자격시험의 합격률은 겨우 10퍼센트 안팎을 왔다 갔다 한다. 즉, 의사는 거의 대부분 자격증을 딸 수 있지만, 건축가는 열 명당 고작 한 명 정도만 자격증을 손에 쥘 수 있다는 뜻이다.

물론 건축사 자격증이 없다고 해서 건축 일을 못하는 것은 아니다. 게다가 건축사 시험의 내용이 건축적인 능력을 모두 판단할 만큼 종합적이지도 못하기 때문에 건축사 시험의 합격 여부로 그 사람의 건축적 능력을 판단하는 것은 무리다. 그래서 우리는 건축사라는 단어보다는 건축가라는 단어를 더 즐겨 쓰는 편이다. 비록 우리 부부는 둘 다 건축사 자격을 가지고 있기는 해도 말이다(하지만 독립하여 건축사사무소를 차리려면 건축사 자격증이 반드시 필요하다).

나와 승환 소장도 이러한 과정을 거쳐 건축가가 되었다. 그러고 보니 우리는 처음부터 부부 건축가였던 것이 아니라 먼저 '부부'가 되고 그 다음에 '부부 건축가'가 된 셈이다. 같은 대학 건축학과에서 공부를 하면서 만났기 때문이다. 우리는 평범한 캠퍼스 커플이다. 조금 특이한 점이 있다면 졸업도 하기 전인 대학원 마지막 학기에 결혼했다는 것과 둘 다 대학에서의 첫 번째 전공이 건축이 아닌 소위 '전과자'라는 것 정도다. 나는 미대 조소과를, 승환 소장은 농대 조경학과를 졸업하고 건축학과로 학사 편입했다. 처음부터 바로 건축학과에 입학한 동기들 중 다수가 건축이 아닌 다른 분야로 진로를 바꾸기도 하고 건축에서도 설계가 아닌 다른 영역으로 진출하기도 했는데, 이미 한 번 전공을 바꾼 전과가 있는 소심한 우리는 차마 전공을 또 바꾸지는 못하고 대학 졸업 후에도 건축 설계를 계속해왔다. 그러다 보니 결국 부부 건축가가 된 것이다.

부부 건축가가 많은 이유를 생각해봤는데 아무래도 일에 평균 이상으로 많은 시간을 써야 하기 때문이 아닐까 싶다. 한마디로 다른 데서는 연애하기가 쉽지 않은 것이다. 그러고 보니 다른 대학 학생을 만나서 연애하고 결혼한 건축과 친구들은 참으로 부지런하다는 생각이 새삼 든다. 나는 그렇지 못했다. 게다가 하는 일의 양에 비해 벌이가 시원찮은 직업이기에 만약 부부 중에 어느 한쪽이 건축이 아닌 다른 일을 한다면 그 사람은 분명 대단한 인내심과 이해심이 있어야 할 것 같다. 나는 인내심이 많은 편이 아니라서, 부부끼리 같은 일을 하며 서로의 사정을 빤히 아는 지금이 한결 속 편하다.

한 템포 천천히,
우리의 속도로

이승환

보림 소장과 나는 대학원 2학년을 마무리할 무렵에 결혼했다. 딱히 결혼을 서둘러야 할 이유가 있었던 것은 아니고, 그저 학생 부부라는 것에 내가 모종의 로망이 있어서였다. 아무튼 전투적으로 논문을 정리해서 무사히 졸업해야 한다는 막중한 임무를 눈앞에 두고 대사를 치렀으니 젊긴 젊었던 것 같다.

보림 소장이 먼저 양재동에 있는 작지만 실력 있는 아틀리에 사무소(소규모 설계사무소)를 첫 직장으로 골랐고, 나도 마침 유명세를 얻기 시작하던 같은 동네의 아틀리에 사무소에서 일을 시작했다. 매일 야근이 이어져도 먼저 일이 끝난 쪽이 조금 더 기다리거나 상대방 사무소의 회식 자리에 합류해서 명예 직원인 양 어울려 놀다가 같이 퇴근하고 또 다음 날 아침 같이 출근했다. 서로 각자의 사무소에서 일하는 이야기, 건축계의 뒷담화를 나누다 보면 할 이야기가 끝도 없었다.

3년 차에 첫째가 생겼다. 평등부부에 대한 고민이 많았기에 만 3년을 채우고 함께 육아 휴직을 신청했다. 일을 쉬면서 아이도 키우고 건축사 시험도 준비할 요량이었다. 보림 소장은 배가 불러 건축사 시험공부를 시작했는데, 아이를 낳고 바로 시험

17

을 쳐서 합격하여 당시 다니던 건축사 학원 사람들을 놀라게 했다. 어쨌거나 우리는 1년간 함께 아이를 돌보다가 보림 소장은 다시 직장으로 복귀했고, 나는 육아를 전담했다. 마침 전에 다니던 사무실에서 단독 주택 일감을 주어 아이가 낮잠을 잘 때마다 짬짬이 도면을 그리면서 일을 할 수 있었다. 둘째가 생기자 보림 소장은 첫째를 만 세 살이 되기도 전에 떼어놓고 다시 일하러 나간 것이 맘에 걸렸다면서, 이번에는 육아에만 집중하고 싶다고 했다.

그맘때 무슨 바람이 들었는지 처음으로 공중화장실 공모전에 응모했다. 부부가 함께 설계한 결과물을 제출했는데 결과는 은상이었다. 얼마 후에 한 지자체로부터 자기네 관내의 공중화장실을 설계해줄 수 있냐는 제안을 받았다. 하지만 그 무렵 나는 대형 설계사무소에 입사하기로 결정했던 터라 정중히 거절했다. 지금 생각해보면 좀 더 일찍 설계사무소 개소를 할 수 있었던 기회였으나 후회하지는 않는다.

내가 대형 설계사무소에 다니며 급속히 탈모가 진행되는 동안, 보림 소장은 집에서 두 사내아이와 씨름하며 힘들고도 행복한 나날을 보냈다. 처가댁이 있는 건물로 이사를 간 것이 큰 도움이 되었다. 같이 지내던 아빠와 떨어진 첫째는 주말에도 회사에 가야 하는 아빠의 바짓가랑이를 붙들며 놀아달라고 울었고, 반면 아빠를 자주 볼 기회가 없었던 어린 둘째는 아빠가 있건 없건 데면데면했다. 일에만 집중하면 되었던 아틀리에 사무소와는 달리 조직의 역학 관계를 신경 쓰지 않으면 안 되는 대형 설계사무소는 성격상 딱히 맞지 않았다.

유학 이야기는 보림 소장과 결혼 초기부터 잊을 만하면 한 번씩 끄집어내는 화젯거리였다. 마치 청년들의 현실성 없는 막연한 꿈처럼. 그런데 점점 사회적으로 자리를 잡아가는 느낌이 들면서 지금이 아니면 절대 못하겠구나, 하는 절박감이 커지기 시작했다. 사실 건축사 자격증도 있고 실무 경력도 어느 정도 쌓은 30대 중반이라면 자신의 사무실을 여는 것이 자연스러웠다. 게다가 아이가 둘이나 있다. 유학 이야기를 꺼냈을 때 주변의 반응은 예상대로 부정적이었다. 그러나 우리만의 작업을 하기에는 준비가 되지 않았다는 생각이 컸다. 또한 한국에서 직장생활을 하며 스스로 소모되고 있다는 느낌을 받았고, 이를 보상받고 싶었다. 준비 과정은 쉽지 않았지만 작은 목표를 세워서 하나씩 해결해나가다 보니 얼추 정리가 되었다.

만 다섯 살과 두 살인 아이를 데리고 시작한 런던에서의 생활은 영어에서 오는 스트레스가 가장 컸다. 정말 언어가 이렇게 큰 장벽이 될 줄은 몰랐다. 단어와 표현만의 문제가 아니라 문화 전반에 대한 이해가 뒤따라야 했다. 남들은 몇 달 만에 현지인과 잘도 어울려 다니는 것 같은데, 둘 다 언어에는 소질이 없었는지 한참이 지나도 영어를 써야 하는 자리가 편치 않았다.

↙ 영국 유학 시절, 데이비드 치퍼필드가
설계한 헨리-온-템스 조정 박물관에서
뛰어노는 아이들

그럭저럭 공부를 마치고 나니 슬슬 일도 하고 싶었는데, 하필이면 2008년 세계 금융 위기의 여파로 취업이 영 어려웠다. 자하 하디드 같은 유명 건축가가 운영하는 사무소에서도 수십 명씩 해고를 하는 통에, 런던에서의 실무 경력이 전혀 없는 외국인이 일자리를 찾기란 쉽지 않았다.

오랜 시간 영국에서 지내면서 내가 얻은 가장 값진 교훈은 새로운 건축 이론이나 선진 기술이 아니라 다른 조건과 가치관을 가진 사람에 대한 관용이었다. 우리가 겪은 영국은 서로를 몰아세우지 않는 사회, 불편하고 답답해도 남을 이해하고 넘어갈 줄 아는 역지사지가 가능한 사회, 개인이 '공공'이라는 보호막을 한 꺼풀 입고 서로에게 좀 더 부드러워질 수 있는 사회였다.

언어만 빼고는 모든 것이 평온한 나날이었다. 마침 얻은 직장은 공공 영역과 관련된 일을 주로 하는 설계사무소라 야근도 없었고 여름이면 누구의 눈치도 보지 않고 보름 동안 유럽으로 캠핑 여행을 떠날 수도 있었다. 몇 년을 있다 보니 아는 사람들이 많이 생겨서 외롭지도 않았다. 아예 이곳에 자리를 잡고 살까 하는 생각도 종종 들었다. 그러나 동시에 이렇게 살아도 좋은 걸까, 정말로 나중에 후회하지 않는 삶을 살고 있는 걸까, 하는 의문이 때때로 고개를 들었다. 우리 일을 하고 싶은 마음이 점점 커졌던 것이다. 게다가 한국에 계신 연로하신 부모님이 마음 쓰였고, 7년 만에 늦둥이까지 생겼다. 고민 끝에 결국 우리는 귀국을 결정했다. 귀국하면서 큰 각오 같은 것을 한 것은 아니었다. 그냥 건축 설계를 하면서 어떻게든 먹고 살 수 있게 되기만을 바랐다. 그게 가장 어려운 목표라는 것은 좀 더 나중에 알게 되었지만.

인생이 계획한 대로 살아지겠냐마는 지금 되돌아보면 처음부터 구체적인 계획이라는 것이 딱히 없었던 것 같다. 다만 어떤 커다란 바람 같은 것이 등대 비슷한 역할을 했을 뿐이다. 그 과정에서 맞닥뜨리는 예기치 못한 모든 것들, 예컨대 아이가 태어난다든가, 정시퇴근을 할 수 있는 설계사무소에 취직한다든가 하는 사건들이 삶의 방향을 이리저리 비틀기도 했고, 또 기대하지 않았던 풍요로움을 선사하기도 했다. 그러다 보니 남들보다는 상대적으로 느린 삶을 살게 되었다. 우리에게는 원대한 목표라든가, 삶을 규정하는 멋진 모토 같은 것은 없다. 하지만 한 가지 말할 수 있는 것이 있다면 남들은 신경 쓰지 말고 그저 우리의 속도에 맞게 천천히, 오래 가자는 것이다.

시작,
아이디알 건축사사무소!

이승환

영국에서 귀국한 뒤, 우리는 2014년 11월 말에 드디어 우리만의
사무소를 열었다. 아이디알 건축사사무소(IDR Architects). 이때
우리의 나이는 각각 마흔과 마흔 하나, 함께 대학원을 졸업한 지
벌써 14년이나 된 시점이었다. 둘 다 2004년에 건축사 시험에 합
격했으니 10년 동안 장롱면허로 썩혔던 자격증을 이제야 겨우
써먹게 된 것이다. 건축학과를 졸업하고 설계사무소에 들어가
어느 정도 실무를 익힌 다음 30대 초중반에 개업을 하는 요즘
기준으로 볼 때 10년 가까이 늦은 셈이다. '우리 일'을 하자며 5
년간의 영국 생활을 끝내고 귀국하긴 했지만, 당장 진행해야 할
프로젝트가 있었던 것도 아니니 사실 급하게 사무소를 등록할
필요는 없었다. 그래도 만삭의 몸이었던 보림 소장은 직접 서울
중구청으로 가 사무소를 등록했고, 그로부터 닷새 뒤 집에서 셋
째를 낳았다. 몸을 푼 소장은 갓난애를 키워야 했으니 남은 소장
인 내가 집에서 책상을 놓고 일을 했다. 소장 두 명이 대표인 동
시에 직원 전부였다. 제대로 사무실을 꾸리지도, 명함을 찍지도,
사무실 간판을 만들지도 못한 초라한 개소였다.

　개점휴업 상태로 방치되던 우리 사무소는 몇 달 후 우연히

사무실 벽에 붙이려고 준비 중인
아이디알 건축사사무소 로고

도전한 공모전에 당선되어 제법 규모 있는 프로젝트를 덜컥 시작하게 되었다. 처음에는 무엇을 어디서부터 어떻게 시작해야 할지 막막했다. 하지만 모든 일이 그렇듯 여기저기 물어보며 해야 하는 것과 할 수 있는 것을 하나씩 해나가다 보니 조금씩 실마리가 풀리기 시작했고, 구멍가게 같던 사무실도 조금씩 틀을 잡아갔다. 주변 사람들에게 수소문해서 같이 일할 사람들을 구하고, 비어 있던 집 아래층을 빌려서 사무실로 꾸몄다. 그렇게 아이디알 건축사사무소는 본격적으로 시작되었다.

그때 당선되지 않았더라면, 또 상을 받지 못했더라면 우리는 지금쯤 무엇을 하고 있을까? 만약이라는 것이 부질없다는 것은 알지만, 어떤 방식으로든 그때의 상황에 맞는 길을 걷고 있을 것이다. 그래도 우연인지 필연인지, 정말 다행스럽게도 힘들 때마다 한번 시작한 이 일을 쉽게 포기하지 못하도록 만드는 계기가 하나씩 생겨났다. 남들보다 빠르면 어떻고 좀 늦으면 어떠랴. 어쨌든 우리가 갈 길을 가면 그만이다.

요즘 종종 어울리는 비슷한 처지의 사무소 소장들을 보면 우리보다 딱 10년 정도 젊다. 그중에는 우리보다 준공 작품이 몇 배나 많은 사무소도 허다하다. 앞으로 얼마나 많은 건축적 성취를 이루어내느냐로 따져 보면 이미 게임이 안 된다. 상황이 그러할진대 더더욱 마음을 급하게 가질 필요가 없다. 그냥 1년에 하나 꼴로 볼 만한 건물 하나 만들면 된다. 아니, 그것조차 지키지 못한다고 해서 무슨 큰일이 나겠는가. 이래저래 굶지만 않으면 된다. 중요한 것은 지치지 않고 오래오래 즐기면서 건축을 하는 것이다. 가늘고 길게 가자. 지금도 이런 생각으로 아침에 일어나 아래층 사무실로 발걸음을 옮긴다.

첫 번째 건물,
내 아이 같은 매곡도서관

전보림

첫사랑이 누구에게나 특별한 기억이듯, 설계사무소에게 첫 번째 건물은 말로 다 할 수 없을 만큼 애틋한 그 무엇임에 틀림없다. 매곡도서관이 우리에게는 그런 존재다. 사무소를 열고, 쭈뼛쭈뼛 처음 참가한 공모전에서 덜컥 당선되어 아무것도 모른 채 좌충우돌하며 만들었던 건물. 그 시작은 지금 생각해도 참 사소했다.

개소를 하고도 몇 달 동안 나는 갓 태어난 셋째를 돌보느라 정신이 없었고, 승환 소장은 일주일에 두 번씩 강의를 하러 다니는 한편 영국에서 다니던 회사의 프로젝트를 프리랜서 자격으로 받아 작업하면서 바쁘게 살고 있었다. 그러다가 문득, 우리가 이렇게 살려고 한국에 돌아와 사무실을 차린 것은 아니지 않은가 하는 생각이 들었다. 그래서 뭔가를 하나 해보자고 의견 일치를 보고 도전해볼 만한 설계 공모전을 찾아보았다. 그때 우리의 안테나에 들어온 것이 매곡도서관의 설계 공모였다. 규모가 2,100제곱미터라 그리 크지 않았고, 지역도 울산이라 경쟁이 심하지 않을 것 같았다. 게다가 프로그램도 우리가 좋아하는 도서관이니 즐겁게 할 수 있을 것 같았다. 그래서 도전한 첫 설계 공모였다. 그냥 앞뒤 생각 없는 시작이었다.

별생각 없이 시작하긴 했지만 사실 그 첫발은 꽤 험난했다. 강의로 바쁜 승환 소장 대신 내가 공모전 참가 등록을 해야 했기 때문이다. 백일 된 셋째 아이를 아기띠로 안고 홀로 울산으로 내려갔다. 접수처인 울산 북구청은 울산 중심부에서 북쪽으로 꽤 떨어진 곳에 있었다(도서관이 지어질 곳은 그보다 더, 더, 더 북쪽 외곽에 있다). 갓난애를 데리고 먼 길을 간다는 긴장감에 잠도 제대로 못 자고 내려갔건만, 서류 하나가 미비하다며 담당 주무관은 접수조차 받지 않았다. 분명 법인 사업자에게만 필요한 서류 같은데도 개인 사업자인 우리에게 똑같이 요구하는 것이었다. 어쩌겠는가. 불행인지 다행인지 접수는 이틀간이어서 그다음 날 또 나 혼자 아이를 데리고 내려갔다. 왕복 차비만 30만 원 넘게 들었다. 돈과 시간과 노력이 아까워서 제출을 안 하는 일 따위는 생각할 수도 없었다.

접수 후 세 달 뒤가 제출이었다. 나는 설계 개념을 잡고 스케치를 조금 하다가 잘 풀리지 않아 손을 놓아버렸는데, 승환 소장이 그 개념을 붙잡고 평면을 풀어냈다. 그 평면을 승환 소장이 입체적인 형태로 만들고 입면을 그리기 시작할 즈음에, 내가 입면 개념과 스케치를 내밀었다. 그걸 완성도 있는 제출물로 만든 건 오롯이 승환 소장의 노력과 능력이었다. 디자인의 우위를 떠나 누가 봐도 고개를 끄덕일 만한 완성도를 집요하게 만들어낸 것이다.

공모전의 결과는 당선. 정말 너무 놀랐다. 두 번째 감정은 기쁨이었지만, 기쁨보다 놀라움이 압도적으로 컸다. 사실 절대로 당선될 리 없다는 생각으로 그냥 하고 싶은 걸 한 것이었는데 말이다. 그리고 세 번째 감정은 걱정이었다. 아, 이제 어떻게 하지?

시상식 때, 역시 셋째 아이를 데리고 이번에는 승환 소장과 함께 울산으로 내려갔다. 거기서 '아기를 데려온 이 아줌마는 뭐지?' 하는 시선을 온몸으로 받으면서 "저도 설계자입니다" 하고 시상식장에 밀고 들어갔다. 아마도 그때 가만히 있었다면 기껏 울산까지 간 보람도 없이 시상식장 바깥에서 마냥 기다리기만 했을 것이다. 유모차에 탄 8개월짜리 아기와 함께 말이다. 하지만 난 구청장님께 직접, 아기와 함께 시상식에 참석하게 해달라고 부탁했다. 돌이켜 보면 그것이 나에겐 참으로 중요한 시작이었다. 아이를 데리고 일하는 엄마로서 공식적인 첫 미팅이었던 것이다.

그 이후로도 울산에서의 모든 회의에 셋째 아이를 데리고 다녔다. 아직 젖도 떼지 못한 어린 아기를 오랜 시간 누구에게 맡기는 것은 생각할 수도 없었다. 유모차에 태워서 회의실 한구석에 앉혀 놓은 다음 회의하고, 또 회의하는 동안 젖을 달라고 하면 수유하면서 회의를 했다. 대부분 승환 소장과 함께 갔지만, 나 혼자 갈 때도 있었다. 울산은 집에서 왕복 여섯 시간이 넘게 걸리는 먼 곳이었다. 가서 두세 시간만 회의를 하고 돌아와도 진

매곡도서관 회의 테이블 위에서
놀고 있는 셋째 아이

이 쏙 빠지고는 했다. 그래도 참으로 다행이었던 것은 함께 일했던 공무원 분들이 모두 내 상황을 너그럽게 이해해주셨다는 점이다. 그분들은 주로 여성 공무원이었는데, 사실 여성이라고 다 내 처지를 이해할 수 있는 것은 아닐 것이다. 어떤 사람은 너만 애 키우느냐고 생각할 수도 있다. 그러나 나는 자신도 애 키웠던 시절을 돌아볼 줄 아는 여성들을 만났다. 참으로 감사한 일이었다. 그분들 덕분에 애 데리고 일하는 엄마 건축가로서의 내 사회생활이 그나마 순탄하게 시작할 수 있었다.

아이가 깨어 있으면 안은 채로, 잠들면 한구석에 눕혀 놓고 일을 했다. 승환 소장처럼 컴퓨터 앞에 오래 앉아 있는 일은 할 수 없어서 나는 주로 전화로 공무원과 협력 업체에 업무를 전달하고 협의를 하거나 직원들 일하는 것을 관리했다. 남한테 일 시키는 것을 힘들어하고, 전화 거는 것을 피곤해하는 승환 소장과 자연스레 업무 분담이 된 것이다. 너무 바쁠 땐 친정 부모님께 아이를 잠깐씩 맡겼다. 아이가 점점 크니 깨어 있는 시간도 길어져서, 자는 시간에만 일을 하면 도무지 마감을 맞출 수 없었기 때문이다. 젖 먹는 아이라 부모님께 맡길 수 있는 시간도 그리 길진 않았지만, 그래도 두세 시간 동안이나마 정말 많은 일을 할 수 있었다.

우여곡절이 많은 첫 프로젝트였다. 구구절절 다 쓰기도 힘들 정도로 여러 가지 일이 있었다. 그동안 여러 사람이 우리 사

루버로 마감한 매곡도서관 외벽
(사진: 전영호)

무실에 와서 힘을 보태준 덕분에 매곡도서관 도면을 완성하고 최종 납품까지 할 수 있었다. 이유미 씨, 정동욱 씨, 차주협 소장님, 서세희 씨, 그리고 중간에 합류해 꽤 오랫동안 우리와 함께했던 최정석 부소장까지. 그 모두가 없었다면 매곡도서관 납품을 어떻게 해냈을까. 납품을 하고 나니 아이는 벌써 14개월이었다. 셋째아이, 준희. 매곡도서관 프로젝트를 처음부터 끝까지 함께해준 우리 사무실의 마스코트다.

준희가 태어나기 5일 전에 등록한 우리 사무실은 앞으로도 준희랑 꼭 같은 나이를 먹어갈 것이다. 준희가 백일일 때 시작해서 14개월에 설계를 완료하고 두 돌 4개월일 때 완공된, 우리의 첫 번째 건물인 매곡도서관은 우리 사무실의 첫사랑이다. 내 아이만큼이나 기특하고 특별하다.

두 번째 건물,
학교 다목적강당들

이승환

첫 번째 건물인 매곡도서관을 우여곡절 끝에 납품하고 나서, 공모전에 대한 근거 없는 자신감이 생겼던 것 같다. 규모와 종류를 가리지 않고 줄잡아 대여섯 번을 쉬지 않고 도전했는데, 하나도 된 것이 없었다. 납득할 만한 결과 역시 하나도 없었다. 몇몇 공모전은 공정성이 의심되는 정황도 엿보였다. 특히 설계안에 강한 자신감이 있었던 경기도 모 도서관 공모전에서 입상조차 하지 못하자 사무실의 사기는 바닥을 쳤다. 몸과 마음이 모두 너덜너덜해졌다. 매곡도서관을 납품하면서 받은 설계비는 동이 난 지 오래였고, 통장에 월급이 들어오기는커녕 두어 달이 멀다 하고 오히려 사무실 계좌로 돈이 나갔다.

이런 와중에 평소 가깝게 지내면서 협력도 자주 하던 설계사무소 소장이 흥미로운 공모전 정보를 알려주었다. 예전 같으면 전자입찰로 나올 만한 소규모 학교 다목적강당이 설계 공모로 나왔다는 것이다. 이는 서울시 교육청에서 학교 건축의 수준을 높이기 위해 건축자문관으로 새로 초빙한 서울대학교 김승회 교수님의 제안을 받아들이면서 생긴 변화였다. 다목적강당이란 실내 체육관을 말하는데, 운동 외에도 여러 행사를 치르는

↙ 박스 트러스의 반복으로 이루어진
　　언북중학교 다목적강당의 구조 프레임

↙↙ 종이로 접어 만든 압구정초등학교
　　다목적강당의 개념 모형

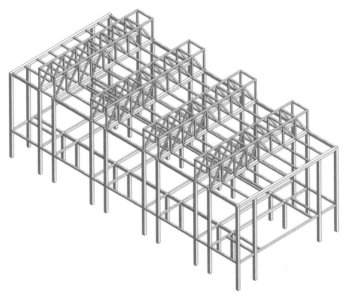

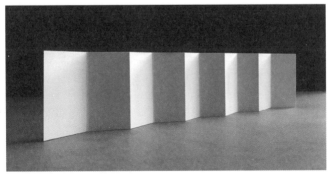

36

용도로 사용되어 그렇게 부른다.

정보를 알려준 소장은 공모전이 생각보다 많이 알려지지 않아서 현장 설명회에 참가한 업체도 얼마 없더라는 귀띔도 덧붙였다. 한마디로 블루오션인 셈이다. 게다가 한 번에 여러 개의 체육관을 묶어서 공모전으로 올리는 방식이었고, 그중 한두 개만 참가하든 모두 다 참가하든 자유였다. 일의 양이 많지 않아서 사실 마음 같아서는 모두 다 참가하고 싶었지만 그럴 만한 여력이 없었다. 체육관에 어울리는 세 개의 아이디어가 있었는데 두 개만 완성해서 제출하기로 하고 보림 소장과 정석 부소장이 하나를, 그리고 내가 다른 하나를 맡아서 그림을 그리기 시작했다. 네 개의 학교 중에서 언북중학교와 압구정초등학교를 골랐는데, 특히 언북중학교는 야구부 시설을 덧붙여야 했기 때문에 경쟁률이 조금이라도 낮아지지 않을까 하는 기대감에서 선택했다.

언북중학교 다목적강당에서 가장 먼저 고민한 것은 구조였다. 공모전 지침에 적시된 표준 규격의 체육관이 면적의 대부분을 차지했고, 나머지는 최소한의 서비스 공간이었다. 공간 구성의 관점에서는 딱히 뭔가 할 것이 없는 단순한 프로젝트였지만, 그만큼 한 가지에 집중할 수 있는 기회이기도 했다. 결국 체육관의 본질은 대공간, 즉 높고 넓은 공간을 만드는 것이고, 이런 대공간을 만들기 위해서는 특별한 구조가 필요하다. 따라서 구조에 주목한 것은 어떻게 보면 너무도 당연한 접근이었다. 우리나라 학교 체육관 중에는 참고할 만한 곳이 전혀 없었고, 외국 체육관은 우리 현실과는 너무 동떨어진, 그야말로 딴 나라 이야기였다. 여러 체육관의 구조 형식을 살펴보며 고민하다가 눈에 들어온 것이 '박스 트러스' 형식이었는데, 이를 반복시키면 구조와 공간, 형태와 빛을 한 번에 해결할 수 있을 것 같았다. 하나의 구조적 요소를 여러 번 반복함으로써, 외부에서는 육중해서 부담스럽게 보일 수 있는 건물의 덩어리를 분절하여 리듬감을 주고, 내부에서는 바닥에서부터 천장에 이르기까지 빛을 받아들인다. 그래서 공모전 제출 작품의 이름을 '빛의 띠'라고 붙였다.

압구정초등학교 다목적강당은 먼 산의 풍경에서 모티브를 얻어 다양한 각도로 접힌 벽면이 빛에 따라 각기 다른 색의 면으로 보이도록 연출하는 것을 중요 개념으로 잡고 시작했다. 공모전에 제출한 설명에서는 '종이접기'라는 개념으로 단순화하긴 했지만, 우리의 진짜 목표는 자연으로부터 멀리 떨어진 아파트 단지에서 자라난 아이들이 운동장에서 뛰어놀다가 문득문득 쳐다볼 수 있는 자연적인 풍경을 만드는 것이었다. 사실 당시는 에너지가 고갈된 상태였던지라 과정을 즐기면서 작업을 할 수 있는 상황은 아니었다. 하루 정도 스케치를 해보고 2주 남짓 동안 제출해야 하는 도면과 이미지만을 그럭저럭 만들었던 것 같다.

그렇게 제출한 두 개의 다목적강당이 모두 당선되었다. 이는 공정하게 심사를 해준 심사위원들 덕분이기도 하지만, 경쟁작이 많지 않았던 것에 힘입은 바가 큰 것 같다. 심지어 어느 학교는 응모작이 하나밖에 없어서 유찰되기도 했다.

어쨌든 이렇게 해서 교육청과의 길고 험난한 여정이 시작되었다. 실무를 담당하는 주무관들은 공모전의 취지 따위는 전혀 개의치 않고 지금까지 해오던 관행대로만 일을 진행하려 했기 때문에 사사건건 충돌을 피할 수 없었다. 최전선에서 어떻게든 건축가의 설계 의도를 관철시키려 노력했던 보림 소장이 눈물을 흘린 적도 여러 번 있었다. 우여곡절 끝에 우리가 원하는 재료와 제품의 사양을 납품해야 하는 설계 도면과 서류에 끼워 넣고 예산을 살짝 넘는 정도로 정리하는 데 성공했다. 설계를 한 건축가가 감리까지 맡는 것이 법적으로 불가능한 것은 아니었으나 발주처인 교육청에서는 이런저런 핑계를 대며 다른 업체에 감리를 주었다. 건축 공사에서 건축가가 작성한 설계도서대로 공사가 잘 이루어지는지 확인하는 작업이 감리다. 좋은 건물에는 좋은 설계 못지않게 공사 감리가 중요하다. 이게 과연 완성도 있는 작품이 될 수 있을까.

처음 받아본 팬레터,
푸른꿈 체육관에서 꿈꾸다

이승환

언북중학교와 압구정초등학교 다목적강당을 공사할 때 도면을
존중하는 시공사를 만난 것은 그나마 정말 다행이었다. 특히 언
북중학교 다목적강당의 현장소장님은 조금이라도 디자인 결정
이 필요할 때마다 원설계자인 우리에게 꼬박꼬박 연락을 주었다.
예산에 맞추기 위해 모든 것을 가장 이상적인 상태로 가정하고
꾸역꾸역 눌러 담았던 내역이 현장에 가자 주둥이가 풀린 부대
자루처럼 쏟아져 나왔다. 결코 비싼 재료를 쓴 것도 아닌데 하향
조정할 항목들이 하나둘 늘어났고, 고맙게도 그때마다 현장소
장님은 디자인 결정을 우리에게 일임했다. 현장도 자주는 아니
지만 기회가 날 때마다 들렀다. 어떤 날은 하도 여러 번 전화를
받아서 진짜 감리가 된 것 같았는데, 돈도 안 받고 일하면서 왠
지 고마운 느낌이 드는 묘한 경험이었다. 철골 지붕이 덮이고 내
부 마감이 붙자, 처음에 의도했던 빛의 띠가 보이기 시작했다. 부
드러운 간접광이 가득 찬 공간에서 아이들이 뛰어노는 모습이
눈앞에 그려지는 듯했다.

준공이 되었다는 소식을 듣고 건축 저널에 몸담았던 지인
에게 부탁하여 작품에 맞는 사진작가를 추천받았다. 촬영 작업

을 의뢰한 지 며칠 후, 사진작가로부터 다급한 전화가 왔다. 전에는 없던 필름지가 창에 붙어 있더라는 것이다. 핸드폰으로 보내온 사진을 보니 환하게 빛이 들어와야 할 체육관 내부 여덟 개의 기다란 수직 창에 모조리 시커먼 필름지가 붙어 있었다. 떨리는 목소리로 학교 행정실장에게 전화를 했더니, 행사할 때마다 햇빛이 들어와서 골치가 아팠는데 돈을 크게 들이지 않고 문제를 해결했다며 자랑 섞인 답이 돌아왔다. 머리가 어지러웠다. 원래 설계대로라면 필름지가 아닌 전동 롤스크린으로 차광을 해야 했다. 다만 전기 설계는 교육청과 직접 계약한 전기 설계 업체에서 작업하도록 되어 있었기 때문에 언북중학교 다목적강당의 작업을 맡은 업체 쪽에 전동 롤스크린을 설치해달라는 내용의 도면을 그려서 전달해둔 터였다. 하지만 자초지종을 파악해보니 전기 설계 업체에서는 공사 금액을 맞추기 어려워서 전동 롤스크린을 별도 공사로 빼놓고 납품했고, 학교는 비용 절감을 위해 전동 롤스크린을 필름지로 대체해버렸다는 것이다. 기가 막혀서 전동 롤스크린 전문 시공업체에 설치 비용을 확인해보니 필름지와 몇백만 원 차이도 나지 않았다. 허탈감과 분노가 동시에 밀려왔다. 가장 중요한 아이디어가 사용자를 제대로 만나기도 전에 훼손되어버린 것이다. 차라리 그 차액을 나더러 내라고 했으면 기꺼이 냈을 것이다.

이후 며칠 동안은 자다가도 이 생각만 나면 잠이 확 달아

↙ 언북중학교 다목적강당에서
가장 중요한 아이디어인 '빛의 띠' (사진: 노경)

준공 이후 시트지가 붙은 '빛의 띠'

났다. 마음도 아팠다. 건축가로서 가장 중요하게 생각하는 가치가 고작 수백만 원과 맞바꿔지는 현실이 원망스러웠다. 그 학교 학부모인 건축과 선배를 통해 압력을 넣어볼 생각도 해보았지만 학교가 필름지를 제거할 가능성은 거의 없었다. 통제할 수 없는 상황을 받아들이기 위해 무던히도 애쓰는 나날 속에서, 아이디얼 블로그에 장문의 댓글 하나가 올라왔다. 언북중학교 3학년 학생이 올린 글이자, 우리로서는 처음 받아본 팬레터였다.

안녕하세요. 저는 언북중학교 3학년 학생입니다. 건축가가
되고 싶어요.
한 달 전쯤 건축사님이 올려주신 학교 체육관에 대한
글을 보고 충격을 받아서 친구들에게 알리고 건축사님께
인사를 드리려 하다가 까먹고 못 드렸네요.
지난주부터 본격적으로 학생들이 체육관에서 체육을
하기 시작했어요! 저도 안에서 농구하면서 놀았는데,
한마디로, 행복했어요. 저희 학교는 아시겠지만 운동장이
정말 휑해요. 남자애들은 축구하고 여자애들은 그냥
벤치에 앉아 있는 게 체육 시간이었지요. 비나 눈이
오거나 미세먼지가 많은 날에는 다목적실이라고 탁구대만
있는 교실로 가서 매트에 앉아 있기도 했고……. 저는 원래
운동을 매우 좋아하는 소녀지만, 환경 때문에 마음껏

운동하지 못했어요. 그래서 저는 저희 학교에 지어진
체육관이 너무나 소중해요. 사실 개관하기 전에 친구랑
몰래 들어갔었는데, 제가 잠시 외국 학교에 온 느낌이
들었어요. 제가 건축가라는 꿈을 꾸게 된 이후부터,
건물들을 자세히 관찰하는 습관을 가지게 되어 체육관도
면밀히 관찰해봤어요. 그러다가 그냥 이 공간이 풍기는
향기와 분위기에 빠져서 넋 놓고 있기도 했어요.
……

건축사님 글을 보고 원래 벽돌이 끝나는 지점에 불투명
유리 대신 투명한 유리가 있었다는 걸 알게 되고 나서,
저기에 만약 투명 유리가 있어 실내에 있어도 바깥을 느낄
수 있으면 얼마나 좋을까라는 생각을 했어요.
지난주에 제대로 체육관에서 체육을 하고 난 뒤 진심으로
학교에 다니고 싶어졌어요. 약간 반강제적으로 왔던
학교였는데 말이죠.
하나의 건축물이 지어지기까지 이렇게 많은 갈등과
불평등이 발생한다는 것이 저에게는 꽤나 충격적이었어요.
얼마나 고민되시고 짜증나셨을까? 얼마나 답답하셨을까?
다 이겨내시고 저희 학생들에게 이렇게 꿈같은 공간을
지어주셔서 감사하다는 말씀을 꼭 드리고 싶어요.
아! 체육관 이름은 '도담관'으로 정해졌어요(저는 푸른꿈

체육관이라고 했는데 떨어졌어요).

이 체육관은 앞으로 우리 후배들에게 우리 학년과
선배들은 누리지 못했던 행복을 누리게 해줄 것이라고
믿어요! 저는 비록 이번에 졸업하지만 제 동생들이
멋진 체육관에서 보낼 시간들을 생각하니 저도 모르게
뿌듯하네요!

건축사님, 한번 뵙고 싶어요. 제가 그린 그림도 드리고
싶고, 많은 대화를 나누고 싶어요. 언제라도 시간되시면
이메일로 연락해주세요.

비록 건물은 온전한 모습이 아니었지만, 이 학생은 내가 설
계를 통해서 전달하고자 했던 것들을 온전히 느끼고 있었다. 그
리고 무엇보다 새로 들어선 다목적강당 덕분에 다니기 싫었던
학교가 다니고 싶어졌다는 대목에서 가슴이 뭉클해졌다. 내가
설계한 건물이 세상을 조금이라도 낫게 만드는 데 보탬이 될 수
있음을 확인한 순간이었다. 정말로 큰 위로가 되었다.

학생의 바람대로 얼마 후 사무실에서 만남을 가졌고, 학
생의 어머니와 또 비슷한 꿈을 가진 친구가 자리를 같이했다. 꽤
긴 시간 동안 일로서의 건축, 그리고 직업으로서의 건축가에 대
해 많은 이야기를 했다. 푸념 대신 긍정적인 이야기를 들려주려
고 애썼던 것은, 비단 지금 학생이기 때문에 미래의 꿈을 격려해

주기 위해서만은 아니었다. 이 학생이 건축가가 될 즈음엔 우리 나라도 좋은 설계의 가치가 존중받는 곳이 되어 있을 거라는, 스스로의 희망과 기대 때문이었다. 바로 '푸른꿈 체육관'이 꾸게 해 준 꿈이다.

세 번째 건물,
첫 번째 집

전보림

아이디알은 지금 처음으로 집을 설계하고 있다. 남들은 30대에 설계사무소를 개소하면서 첫 프로젝트로 아는 사람의 집 설계를 하는 경우가 많은 것 같은데, 우리는 젊은 건축가 딱지를 떼야 하는 45세 즈음이 되고서야 비로소 누군가의 집을 제대로 설계할 기회를 얻게 되었다. 개소한 지 만으로 딱 4년이 되었을 때 말이다.

그동안 우리가 작업한 도서관이나 학교 다목적강당 등을 보고 '아이디알은 공공 건축만 하느냐'라고 물으시는 분들을 종종 만났는데, 그럴 때면 좀 속상했다. 사실 우리는 개인적으로 설계 의뢰가 들어오지 않아 공공 건축 분야에서 일감을 찾은 것일 뿐, 공공 건축만 하는 사무실은 아니다. 그리고 속내를 털어놓자면 그동안 주택 설계가 몹시 하고 싶었다. 가장 기본이면서도 가장 어렵고, 또 그만큼 가치 있는 작업이 집을 설계하는 일이라고 생각하기 때문이다.

생각해보면 어느 분야나 '기본'을 제대로 만드는 일이 의외로 가장 어려운 것 같다. 집 설계는 건축학과에 갓 입학한 신입생에게 첫 번째로 주어지는 단골 과제일 정도로 설계의 기본이자 기초다. 내 집은 내가 설계하겠다고 나서는 비전 공자도 있을 만큼 누군가에겐 제법 만만해 보이는 일 같기도 하다. 그러나 아는 사람은 안다. 특히 설계를 제대로 하는 건축가들은 너무나 잘 알고 있다. 설계 중에서 주택 설계만큼 어려우면서 면적 대비 시간과 정성이 많이 들어가는 작업은 없다는 것을.

어떻게 보면 건축가로서 첫 번째 집을 설계하는 일은 고통스런 첫사랑과 비슷한 것 같기도 하다. 하나부터 열까지 모든 것이 새롭고 모든 것이 조심스럽고 모든 것이 어렵다. 무엇 하나 쉬운 것이 없는데 그 난관이 어찌된 것인지 해도 해도 당최 끝이 나질 않는다. 바닥은 무슨 재료로 하고 바닥과 벽이 만나는 디테일은 어떻게 하고 벽과 천장이 어떻게 만나는지, 조명은 어떻게 할지, 가구는 어디에 어떤 모양으로 넣을지 분명히 죄다 그리고 정한 것 같은데 돌아보면 결정해야 할 것들이 또 튀어나온다. 그리 크지 않은 집이라 공간을 낭비 없이 효율적으로 만들려고 하니 더 어렵기도 하다. 그래서 이 첫 번째 집을 설계하면서 사무실 전체가 몇 달째 산고를 겪고 있다(오래 걸린다는 점에선 애 낳는 것보다 더 힘든 것 같다. 아이를 낳는 건 이렇게 오래 걸리지 않는다).

거기에 더해서 집을 잘 설계하는 일이 어려운 이유는, '잘 만듦'의 기준이 사람마다 다르고 집에 대해서만큼은 누구나 의견이 있기 때문인 것 같다. 맨날 보는 우리 집은 너무 당연해서 시시하지만 남의 집은 궁금한 법. 그래서 남의 집을 소개하는 텔레비전 프로그램이나 기사를 몇 번 들여다보노라면 전문가가 아니어도 한마디씩 하게 만드는 취향이란 것이 생긴다. 그렇다보니 마음에 안 들 가능성도 다른 용도의 건물보다 상대적으로 훨씬 높은 것 같다. 나 또한 건축 전문지인《공간》에 소개되는 작품들 중에서도 유독 주택에 대해서만은 박한 평을 하게 된다. 너무 평범해 보인다거나, 너무 유별나다거나, 너무 산만하다거나, 너무 허세스럽다는 식으로. 어쩌면 마음에 드는 집을 찾기 쉽지 않은 이유는 동네 골목길에 돌아다니는 바둑이 얼굴 그리기가 도깨비 얼굴 그리기보다 더 어려운 것이랑 비슷한 이유일지도 모르겠다. 게다가 집은 갤러리나 도서관처럼 시원시원하게 보여주고 싶은 것만을 보여주게끔 만들기가 힘들지 않은가. 생활에 필요한 모든 요소가 하나도 빠짐없이 다 들어가야 하고 그중 어느 정도는 숨기지 못하고 드러나야 한다. 구질구질한 요소가 들어갔으면서도 멋있어야 한다니, 이 얼마나 어려운 과제인가. 그래서 결국 우리는 삶에 필요한 모든 요소가 드러나면서도 멋있게 느껴질 수 있도록 구석구석까지 꼼꼼하게 설계하고 있다. 사실 우리가 주택을 설계하면서 가장 중점을 두었던 것은 개성과 실용 사이에서 균형점을 찾는 일이었다. 이 주택은 우리의 작품인 동시에 누군가의 집이기 때문이다. 독특하지만 그 독특함이 과하지 않은 디자인으로 만들고자 했다. 건축주의 취향이 우리

아이디알 첫 번째 집의 렌더링.
3D 모델링은 미리 해보는 시공인 셈이다.

랑 잘 맞아서 정말 다행이었다. 주택 설계는 경험이 많다고 해서 쉬워지는 작업은 아닌 것 같다. 그 집에 살 특정한 누군가를 위한 것이기 때문에 이전에 찾았던 해법이 다음 집에서도 유효하리란 보장이 없기 때문이다. 역시 집 설계가 가장 어렵다.

현재 작업 중인 주택의 경우, 먼저 기본적인 도면을 그리고 100분의 1 스케일의 모형을 만든 뒤, 스케치업(SketchUp)이라는 컴퓨터 프로그램으로 가상의 3D 모델을 만들었다. 하지만 승환 소장은 그것으로도 모자라다 싶었는지 '시공할 때 나타나는 문제점을 미리 알아야 한다'며 레빗(Revit)이라는 프로그램으로 처음부터 다시 3D 모델을 만들었다. 천장의 디테일과 기계 설비 덕트(duct)까지 집어넣어서 말이다. 보통은 시공사에서 알아서 하는 부분까지도 일일이 3D로 만들어보고 확인해야 안심하는 승환 소장을 이해하기 어려울 때도 많다. 끝도 없이 이어지는 일에 화가 나기도 하고 지치기도 한다. 그리고 이렇게 애를 써도 문손잡이 하나 잘못 달면 원망을 들을지 모른다고 생각하니 긴장도 된다.

그래도 이렇게 집을 설계할 수 있어서 행복하다. 더군다나 주택 설계를 의뢰한 건축주는, 그야말로 일면식도 없는 우리를 블로그와 홈페이지를 통해 눈여겨보다가 찾아와서 계약한 최초의 클라이언트다. 다른 건축가와 우리를 저울질하지도, 설계비로 실랑이를 하지도 않았다. 그저 우리를 건축가로, 전문가로서 전적으로 신뢰해주는 분이다. 건축가로서 이런 건축주를 만나는 것은 행운일 것이다. 우리는 그 믿음에 아름답고 멋있는 집으로 보답하고 싶다.

남편이 바라본
부부 건축가

이승환

나는 보림 소장을 학교에서 만났다. 정확히 말하면 조경학과를 졸업한 내가 건축학과로 편입하고 나서 1년 뒤 조소과를 졸업한 보림 소장이 편입한 것이다. 미리 건축학과 수업을 들어둔 것이 많지 않았던 탓에 졸업을 늦게 하다 보니 대학원에서는 동기가 되었고, 수업이니 답사니 하면서 자주 어울리게 되었다. 둘 다 다른 전공으로 대학 생활을 시작해서 졸업까지 한 뒤 건축학과로 편입을 한 터라 약간은 동질감 비슷한 것을 느꼈는지도 모르겠다. 그런데 그런 것과는 완전히 별개로, 설계와 디자인에 대해서는 서로 죽이 맞는 것이 없었다. 한번은 설계 수업에서 크리틱으로 초청된 건축가가 보림 소장과 나의 설계안 두 개를 뽑아 나란히 놓고는 동일한 설계 조건을 극단적으로 다르게 풀어냈다며 재미있어 하기도 했다. 이런저런 과정을 거쳐 결혼을 약속하고 청첩장을 같이 디자인할 때는 거의 파혼에 이를 정도로 싸우기도 했다. 그때 했던 말이 '우리 설계는 같이하지 말자'였다.

두 사람이 하나의 이름을 가진 사무실의 공동 대표가 될 때까지 결혼을 기준으로 14년, 건축사 시험 합격을 기준으로 10년의 세월이 걸렸다. 그 사이 우리는 여러 일들을 함께했다. 걸어

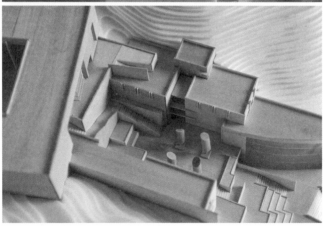

서 5분 거리인 두 아틀리에 사무소에서 각각 초년병 시절을 거쳤고, 두 아이를 함께 기르고 세 번째 아이를 맞이했다. 때늦은 유학을 떠나 버벅거리는 영어 실력으로 번갈아가며 학교와 직장을 다니고, 세계 곳곳을 같이 여행했다. 거의 모든 건물을 함께 둘러보았고 좋은 것, 싫은 것, 옳은 것, 그른 것들에 대해서 끊임없이 이야기를 나누었다. 그럼에도 불구하고, 지금도 두 사람 사이에는 소통 불가능한 절대 영역이 있다. 이를테면 영화나 음악 취향에 관한 것들이다. 하지만 놀랍게도 같이 지낸 세월의 힘은, 적어도 설계와 디자인에 대해서는 협업이 가능할 정도로 둘 사이의 간격을 메워주었다. 어쩌면 생존을 위한 최선의 선택이라는 명분으로 무의식적 차원에서 타협을 했을지도 모르는 일이지만, 아무래도 시간이 빚어낸 점진적이고 자발적인 합의라고 생각하는 편이 낫지 않을까 한다.

어쨌거나, 우리에게 부부 건축가는 건축가로서의 직업과 자연인으로서의 생활을 동시에 가능하게 하는 이상적이고 필연적인 협업의 형태다. 협력을 전제로 한 분업을 바탕으로, 자족적인 직능 체계를 구축하는 든든한 기반인 것이다. 그런데 개소를 하고 나서 주변을 둘러보니 어떤 형태로든 파트너와 같이 사무소를 운영하는 건축가가 절반은 넘는 듯했고, 그중에서도 부부 건축가가 꽤 많은 수를 차지했다. 사실 건축가로서 협업은 쉬운 일이 아니다. 다들 하고 싶은 것이 서로 다르고, 고집부리고 싶은 구석이 어떤 프로젝트든 한두 군데는 있기 마련이니까. 그냥 하고 싶은 게 있는데, 파트너가 있다 보면 왜 그러고 싶은지 설명하고, 안 되면 설득하고, 그래도 안 되면 싸워야 한다. 갈 길이 구만 리인데 한 지붕 아래에서 이러고 있자니 여간 피곤한 일이 아니다. 그런데도 어떻게든 둘, 셋이 모여 설계사무소를 같이 차리는 이유는 그만큼 이 판이 각박하기 때문이다. 소장은 일을 따서 설계를 하고 작품이 발표되어 저작권을 갖기까지 모든 과정에 대해 책임을 지며 동시에 권리를 가진다. 그렇기 때문에 직원과 달리 운영이 어려워 가져갈 월급이 없을 때는 고통도 짊어져야 한다. 사무소가 안정적인 궤도에 오를 때까지, 과연 그런 날이 오기는 하는지 모르겠지만, 험난한 가시밭을 같이 헤쳐 나갈 파트너가 절실한 것이다. 이때 배우자만큼 직업과 생활에서 이해관계가 일치하며 모든 상황을 이해해줄 수 있는 파트너가 어디 있으랴.

모든 파트너십이 다 그렇듯, 우리의 협업도 미시적으로 들여다보면 분업의 방식에 방점이 놓인다. 사실 파트너 간에 잘하는 것과 못하는 것이 일치하면 그것만큼 비효율적인 것도 없다. 나는 엉덩이 붙이고 앉아서 꾸역꾸역 3D 모델을 올리고 이미지 만드는 것을 취미처럼 좋아한다. 괜히 불편한 상황을 만드는 것은 체질상 피하는 편이다. 반대로 보림 소장은 사람 만나는 것을 좋아하고 정당하지 못한 일을 보면 따지지 않고는 지나치지 못한다. 이로써 사무실 안에서의 커다란 업무 분담은 대략 결정된 셈이다.

그럼 설계는 어떠한가? 어떤 파트너십을 보면, 소장 한 명이 일 따오는 것을 전담하는 동안 다른 소장은 설계에 전념한다. 또는 프로젝트별로 각각 디자인을 책임지기도 한다. 우리로 말하자면 한때 설계는 같이하지 말자던 옛날의 다짐과는 달리 지금은 놀랍게도 모든 프로젝트를 같이 설계한다. 그런데 그 디테일을 들여다보면 여러 층위와 단계에서 정신없는 분업이 이루어진다. 우리의 첫 작품인 매곡도서관을 예로 들면, 처음 설계안을 구상하여 끄적거린 것은 보림 소장이었고, 풀리지 않아 구석에 밀어둔 설계안을 가져와 내부에 경사로가 올라가는 안으로 평면을 발전시키고 대략적인 매스를 올린 것은 나의 역할이었다. 도서관 외관을 발전시키면서 보림 소장이 패턴의 변화로 입면을 분할하는 수직 루버를 제안하였고, 나는 이 아이디어를 알고리즘 모델링으로 구체화시켜 설계에 반영될 수 있도록 만들었다.

분업은 큰 틀에서뿐 아니라 세부적인 분야에 들어가서도 이루어진다. 예를 들어 나는 건축의 본질은 평면의 질서와 공간의 위상학적 관계에 있으며, 색채는 부차적인 것에 해당한다고 믿는다. 반면 보림 소장은 물론 그런 것들도 중요하지만 최종적으로 재료가 구현되는 색채를 놓치면 다 된 밥에 코 빠뜨리는 격이라고 믿는다(다행스럽게도 재료의 질감과 디테일을 중요하게 생각하는 부분은 일치한다). 물론 틀린 얘기는 아니다.

그런데 각자가 중요하다고 생각하는 분야에 기울이는 노력을 보면, 왜 우리가 설계를 하는 데 그렇게 많은 시간이 걸리는지 이해가 된다. 막상 지어놓고 나면 잘 느껴지지도 않을 벽체의 선들을 정렬하느라 내가 몇 번씩이나 평면도의 선을 캐드로 그렸다 지웠다 할 때, 보림 소장은 거의 구분되지 않을 정도의 차이를 따져가며 원하는 색상을 찾기 위해 수십 번씩 컬러 칩을 뒤적거리고, 필요하면 시공된 현장에 직접 가서 샘플 자재를 맞대어보기도 한다. 하긴, 사무실 인테리어를 하면서 네 가지 종류의 흰색 계열을 벽, 천장, 문 프레임 등에 각각 칠해 놓고 새로 온 직원이나 손님들에게 맞춰보라고 할 정도니, 이쯤이면 색에 대한 집착은 가공할 정도다. 그러면 나는 또 어떤가? 비록 전문 업체 수준은 아니지만, 3D 렌더링을 취미로 여길 만큼 좋아한다. 벽돌 같은 재료는 조금만 여유가 되면 한 장씩 쌓는 방식으로 모델링해서 재료의 물성을 그래픽으로 드러내려고 하는 편이다. 처음엔 별 사소한 걸 가지고 끝도 없이 만지작거린다고 핀잔을 주던 보림 소장도, 아무리 말해도 내가 들은 척도 안 하니 이제는 질릴 때까지 해보라며 아무 소리도 하지 않는다. 물론 그렇게 되기까지 험난하고 기나긴 세월이 걸렸지만 말이다. 이렇게 서로 까탈을 부리는 분야가 날줄과 씨줄처럼 엮여 있으니, 어떤 프로젝트를 해도 오래 걸릴 수밖에 없다. 쉬운 길도 어렵게 돌아가는 재주라고나 할까.

얼핏 보면 매우 수평적인 협력 관계에서 치밀한 분업이 이루어지는 것 같은데, 여기에는 사실 겉으로는 잘 드러나지 않는 비밀이 있다. 고백하자면 나는 소장이긴 하지만 직원에 가까운 '직원형 소장'이고, 보림 소장은 진짜 소장인 '소장형 소장'이다. 소장형 소장은 짧은 시간 내에 여러 가지 일을 결정하고 처리한다면, 직원형 소장은 곰처럼 눌러앉아 한두 가지 일에 진득이 몰두한다. 그런데 직원형 소장에게는 한 가지 약점이 있다. 할 일이 있을 때 그 일의 최종 형태에 다다르기 위해 거쳐야 할 고난스러운 과정이 먼저 머릿속에 훤히 떠오른다는 것이다. 사람은 원래 간사한 존재인지라, 옳은 선택이더라도 너무 힘들 것이 예상된다면 잘못된 선택이라고 자기합리화하며 기피하는 경향이 있다. 실무 시간이 긴 직원형 소장의 치명적 약점이라 할 수 있다. 하지만 소장형 소장은 그런 고통을 아는지 모르는지, 이 길이 옳다 싶으면 실무진의 불만을 뒤로하고 무조건 달린다. 아니, 정확히 말하면 달리게 한다. 그런데 놀랍게도 건축적으로 남다른 가치는 이런 과정을 거쳐서 만들어진다. 그런 면에서 직원형 소장으로 내 위치가 격하되는 것쯤이야 더 나은 결과물을 위한 상보적 협력관계라는 더 큰 그림을 위해서 얼마든지 감수할 수 있다.

건축은 건축가의 개성이 온전히 드러나는 작업이다. 결과물뿐만 아니라 작업 과정과 방식 또한 건축가가 어떤 사람인지, 어떤 성격을 가지고 있는지에 따라 큰 차이가 있다. 자신의 가치관, 뜻에 반하는 것들과 쉽게 타협하지 않는 보림 소장의 하드코어적인 성격은 종종 일과 생활 양쪽에서 힘이 부치는 상황을 만들어내기도 한다. 때로는 이렇게까지 해야 하나 싶을 때도 있을 정도다. 그러나 그런 것이 바로 내가 가지지 못한 능력이다. 첫애를 조산원에서, 둘째와 셋째를 집에서 낳고, 아이 모두 집에서 기르면서 어린이집도 보내지 않고, 좀 클 때까지 가공식품을 안 주는 일이 어디 쉬운가. 공무원한테 따질 것 다 따지고, 씨알이 안 먹힐 것 같으면 상급자에게 편지를 쓰고, 불이익을 감수하고 페이스북에 고발성 글을 투척하는 일 또한 어디 쉬운가. 나는 다만, 보림 소장이 하지 못할 일, 즉 의자가 처질 정도로 몇 시간이고 자리에 앉아 사무실의 엔진을 돌림으로써 나의 역할을 다할 뿐이다.

부부 건축가라는 협업의 형태하에 이루어지는 이 긴밀한 분업 시스템은 일단 현재로서는 유효한 듯하다. 그러나 5년, 10년이 지나 일이 늘어나거나, 또는 반대로 줄어들거나, 새로운 식구가 생기는 등의 변화가 있을 것이고, 무엇보다 내가 힘에 부쳐서 예전처럼 도면을 그리고 모델을 올리는 일이 수월치 않게 될 때가 올 것이다. 그때 나는 어떤 일을 하고 있을지, 그리고 보림 소장은 어떤 일을 하고 있을지, 부부 건축가로서 우리는 어떤 분업 체계로 공동의 목표를 향해 나아가고 있을지 궁금하다.

아내가 바라본
부부 건축가

전보림

부부 건축가인 우리에겐 어디서부터 어디까지가 가정생활이고 직장 생활인지 딱히 구분이 없다. 사실 그 구분이 있을 수 없는 형편이라고 하는 게 더 정확할 것이다. 아이가 셋인데 그 아이들이 모두 홈스쿨링을 하느라 하루 종일 집에 있는 데다 사무실은 집에서 30초 거리여서 하루에도 몇 번씩 집과 사무실을 오가며 살기 때문이다.

　게다가 건축 설계라는 게 해도 해도 끝이 없는 일이어서 아침부터 밤까지 계속 생각하며 일을 해야 할 때가 많다. 그래서 남편인 승환 소장과 나는 퇴근하고 집에 있으면서도 일 이야기를 계속한다. 일에 대한 이야기뿐 아니라 아이들에 대한 이야기, 가족과 친구에 대한 이야기, 건축계와 세상 돌아가는 이야기 등 함께하는 시간이 많은 만큼 할 이야기도 많다. 나와 승환 소장은 취미부터 생활 습관까지 비슷한 부분이라고는 약에 쓰려고 해도 없지만 신기하게도 정치나 건축에 대한 가치관만은 잘 맞아서 늘 쿵작쿵작 이야기를 계속하게 된다. 물론 일에 대한 이야기를 하다보면 언성이 높아지기도 한다. 요즘은 일을 어떻게 처리하느냐 같은 주제로 실랑이를 벌이는 귀여운 수준에 머물러 있지만, 육아가 너무 힘들던 시절엔 일 좀 적게 해라부터 시작해서 심각하고 살벌한 싸움도 꽤 많았다. 그러나 아무리 심각하게 싸워도 말을 안 하는 시간이 오래가지는 않는다. 아니, 오래갈 수가 없다. 어쨌거나 애들을 건사하고 사무실을 운영해 나가려면 어쩔 수 없이 이야기를 해야 했다. 아무리 남편이 미워도 밥을 해서 애들을 먹여야 하고 의사결정을 해서 이메일을 보내야 하기 때문이다. 게다가 남편은 나에게 조잘조잘 말이 좀 많은 편이다. 나는 남편 말고도 친구나 친정 엄마와 이런저런 수다를 잘 떨지만, 승환 소장은 내가 아닌 다른 사람에게 그렇게 수다를 떠는 것이 익숙하지 않은 모양이다. 아무튼 우리 부부가 이야기를 하지 않는 시간은 오로지 잠을 자는 시간과 글을 쓰거나 책을 읽거나 영화를 보는 시간뿐이다. 그 외의 시간은 사무실에 있든지 집에 있든지 항상 이야기를 한다.

항상 함께 이야기를 하지만, 그렇다고 해서 모든 일을 같이 하는 것은 아니다. 우리는 철저한 분업 시스템으로 살아가고 있다. 이렇게 말하면 우리가 대단히 효율적이고 철두철미한 것처럼 보이겠지만 실상은 전혀 그렇지 않다. 게다가 나는 원래 이런 분업을 전혀 원하지도 않았다. 신혼 때 나의 목표는 각자 완전한 인간이 되어 함께 결혼 생활을 해나가는 것이었다. 누구는 시장보고 밥하고, 누구는 청소하고 빨래하고, 누구는 바깥일 하고 따위의 담당을 정해놓으면 효율적일지는 몰라도 각자가 지닌,

인간으로서의 완결성이 떨어진다고 생각했기 때문이다. 어느 한 쪽이 없더라도 인간으로서의 품위를 지키며 살기 위해서는 둘 다 기본적인 생활 능력이 있어야 한다. 그래서 신혼 때는 그렇게 살았다. 아니 그렇게 살기 위해서 노력했다. 그리고 그때는 그렇게 사는 것이 그리 어렵지도 않았다.

　　그러나 우리의 회사를 차리고, 셋째인 갓난아기를 키우면서 일까지 해야 하는 상황이 되자 우리는 그야말로 모든 일이 너무나 힘에 부쳤다. 내가 이만큼 했으니 이번에 네가 이만큼 하라든가, 이번 주에 장은 내가 봤으니 다음 주는 당신이 보라든가 하는 식으로 따질 여력이 없었다. 그렇게 따지는 것 또한 에너지가 필요한 하나의 일이었기에 그저 형편 닿는 대로, 그 일을 덜 힘들어하는 사람이 정신없이 해치우는 식으로 살았다. 그러다 보니 자연스럽게 분업이 되었다. 그런데 그 분업이란 것이 결과적으로는 승환 소장은 주로 사무실 일을 하고 나는 사무실 일도 하면서 그 외의 모든 것을 다 하는 식이 되었다. 이렇게 말을 하면 승환 소장은 자기도 집안일을 하고 애도 본다며 펄펄 뛸 것이다. 그러나 가끔 하는 것과 그 중심이 되어 운영을 해나가는 것은 본질적으로 다르며, 어쩌다 며칠을 하는 것과 매일매일, 몇 년을 계속하는 것 또한 완연히 다르다. 그렇다고 내가 하는 일이 절대적으로 많은 것은 아니다. 단지 나는 하는 일의 가짓수가 많을 뿐이다. 나는 집안일을 하고 애를 보는 대신에 사무실 일을

적게 하고, 승환 소장은 사무실 일을 주로 하는 대신 그 일을 엄청나게 오래, 많이 한다.

이렇게 된 원인은 몇 가지가 있다. 일단 승환 소장은 동시에 여러 가지를 해야 하는 상황을 힘들어한다. 뭔가를 할 때면 늘 그 일 딱 한 가지에만 집중하고 싶어 한다. 요리할 때 아이들이 옆에서 끼어드는 것도, 프로젝트를 누군가와 함께하는 것도 힘들어한다. 같이 일하더라도 너는 이 부분, 나는 이 부분 이렇게 선을 그어서 나눠놓고 각자 알아서 일하는 방식을 선호한다. 딱히 단점이라기보다는 그냥 그런 성향을 가진 것이라고 이해한다. 대신 그만큼 한 가지 일에 엄청난 집중력을 쏟아붓는다.

반면 나는 한꺼번에 여러 가지 일을 처리하는 것이 승환 소장에 비해 그리 힘에 부치지 않는다. 물론 나도 여러 가지 일을 하는 것이 그저 즐겁고 쉬운 것만은 아니다. 그러나 어쩌랴. 나는 어차피 아이 젖을 먹이느라 집에 더 오래 있고, 그러다 보니 집안 살림에 신경이 쓰이는 것을. 게다가 남편인 승환 소장과 15년이 넘도록 같이 살면서, 상대방이 잘할 수 없는 일을 가지고 싸우거나 비난하기보다는 있는 그대로 받아들일 건 받아들이고 사는 쪽이 편안하다는 걸 알게 되었다. 어쨌든 승환 소장도 기본적인 살림 정도는 할 줄 아는 사람이고, 나도 사무실 일을 못하는 것은 아니니 전체적으로 봤을 때 인간적인 완결성이 매우 떨어진다고 볼 수도 없다. 결국 나와 승환 소장의 성향 차이는 좋고 나쁨이나 옳고 그름의 문제가 아니다. 그저 다를 뿐이다.

사실 지금과 같은 평화 상태가 그냥 온 것은 아니다. 살림과 육아를 비롯한 집안일을 전부 도맡아야 했던 데다 사무실 일도 꽤 빡세게 했던 나로서는 불평도 많았다. 심지어는 직원들과 협력 업체의 업무를 관리하는 일, 건축주와 소통하는 일도 다 나의 몫이었다. 사무실에서 도면을 체크하고 협력 업체나 발주처와 전화를 하다가 집에 올라가서 살림을 도와주시는 이모님께 부탁드릴 집안일을 알려드리고 온라인으로 식재료를 주문하면서 아기를 돌봤다. 그게 어떻게 가능했는지 나도 까마득하긴 하다. 그러나 나에겐 다른 선택지가 없었다. 애는 태어났으니 키워야 했고, 밥은 하루도 빠짐없이 먹어야 했으며, 프로젝트는 마감이 있는데 일손은 모자라니 나도 일을 해야 했다. 입주 도우미를 들이고 살 형편은 아니었고 사무실이 알려지지 않아서 일하겠다는 직원 찾기도 힘들었다. 너무 힘들어서 남편과 싸우기도 많이 싸웠지만 결국 싸우는 것으로 남편을 바꿀 수는 없었다. 우리의 싸움의 요지는 늘 이랬다. "그렇게 힘들면 그냥 참고 하지 말고 나한테 도와달라고 해. 갑자기 폭발하지 말고!" "너무 힘들어서 도와달라고 말하는 것조차 힘들어. 그것 좀 눈치껏 알아서 도와주면 안 되겠어?" 그러나 그 '눈치껏'이 안 되는 사람이 우리 남편이다. 되면 좋겠지만 어떻게 하겠는가. 그렇게 태어난 것을. 내가 그런 사람을 선택한 것을.

우리의 다툼은 프로젝트가 끝나고, 갓난아이가 커가고, 나와 상대방의 서로 다른 성향을 받아들이면서 잦아들었다. 생각해보니 그동안 내가 참 남편에 대해서만은 욕심을 버리지 못하고 살았구나 싶었다. 남이 나와 다름을 인정하는 것은 사실 인간관계의 기본이다. 그 기본을 갖추지 못하면 장기적으로 원만한 관계를 유지할 수가 없다. 그런데 그걸 알면서도 유독 남편에 대해서만은 쉽게 그러지 못했다. 아마 나와 모든 생활이 엮여 있어 그걸 받아들이는 순간 내가 매우 불편하고 힘들어질 것이라는 두려움 혹은 이기심 때문이었을 것이다. 자주 만나지 않는 사람은 아무리 다르고 안 맞아도 내 생활을 불편하게 할 일이 많지 않으니 그냥 피하면 되고 무시하면 된다. 그러나 배우자는 그럴 수 없다. 매일 마주쳐야 하고 생활을 같이 해나가야 한다. 그래서 끝까지 남편을 바꾸려고 버둥거렸던 것 같다. 그러나 가능한 일이 아니었다. 나는 되지도 않는 싸움을 했던 거였다.

놀랍게도, 다름을 인정하고 바꾸겠다는 욕심을 내려놓고 나니 내 마음이 훨씬 편안해졌다. 대신 몸이 힘들지 않을까 싶었는데 어차피 해오던 일이니 큰 차이가 없었다. 전에는 몸이 힘든 데다 마음까지 힘들었던 것이다. 아쉬운 점 대신 좋은 점을 보면서 살기로 했다. 일을 열심히 하는 건 승환 소장의 상당히 좋은 점이다. 말하기 전에 알아챌 눈치는 없지만 말하면 기꺼이 일하는 착한 마음씨를 지닌 것도 승환 소장의 장점이다. 그리고 어떻게 보면 내가 힘들게 사는 건 나한테도 상당 부분 원인이 있다.

아무리 치워도 어차피 애들이 금방 어지를 집안을, 왜 굳이 깔끔한 모습으로 만들려 하는가? 그까짓 설거지, 한두 시간 있다가 한다고 그릇이 썩는 것도 아닌데 그걸 왜 못 참고 팔을 걷어붙이는가? 먼지가 공이 되어 굴러다닌들 무슨 큰일이 나겠는가? 다른 사람 눈에는 띄지도 않는 먼지가 보이고, 바닥에 굴러다니는 머리카락이 눈에 거슬리는 건 다 내 유난스런 성격 탓이다. 회사 일은 마지막 순간까지 미루면서 집안일은 미리 해놓아야 직성이 풀리는 피곤한 성격 탓인 것이다. 설거지해야 할 그릇이 쌓이고 쌓여 산이 되고 그 산이 너무 높아 쓰러지더라도 그 꼴을 못 참고 설거지를 하는 사람이 지는 것이라는 글을 읽은 적이 있다. 그런 면에서 나는 항상 지는 사람이다. 참을성도 없는 데다 성격은 까탈스럽고 쓸데없이 깔끔을 떨어서 진다. 내가 집안일을 많이 하는 것이 꼭 남편의 탓만은 아닌 것이다.

나와 승환 소장은 건축 일을 할 때도 철저하게 분업 시스템으로 한다. 승환 소장은 나를 '소장형 소장', 스스로를 '직원형 소장'이라 부르는데, 그 표현처럼 내가 주로 결정을 하고 지시를 내리면 승환 소장은 결과물을 만드는 편이다. 그러나 우리 둘 모두 소장이고 둘이서 함께 일한다. 그저 다른 분야를 맡아 일할 뿐이다. 어느 것이 더 중요하고 덜 중요하고를 따질 수가 없다. 솔직히 나로서는 내가 잘하지 못하는, 해볼 엄두조차 내지 못하는 분야의 작업을 누가 보더라도 승복할 만한 퀄리티로 만들어내는 승환 소장이 기특하고 고맙다. 승환 소장이 일에 있어서는 너무 완벽주의자라 작업 방식을 두고 종종 싸우기도 했지만, 어느 정도 각자의 영역과 방식을 존중하자는 의미로 신경을 끄고 나니 이제는 별로 부딪히지 않는다. 어차피 잔소리한다고 바뀌는 것도 아니고 어떤 면에서는 자기도 자신의 그런 성격을 이기지 못하는 부분이 있기 때문에 결론적으로 어쩔 수 없다. 그리고 승환 소장이 하는 작업은 잘 보이지 않는 부분까지 파고들어 완벽하게 하려는 성격이 있지 않으면 제대로 해낼 수 없는 일이기도 하다. 그러니 나는 내가 갖지 못한 성격과 능력을 가진 남편에 대해 감사하며 살고 있다. 단, 사무실을 벗어나 집에 가면 남편의 그 완벽주의가 어떻게 그렇게 흔적도 없이 사라지는지 신기할 뿐이지만.

어느 한 사람만의 힘으로는 절대 지금껏 우리가 이루어온 결과물을 만들 수 없을 것이다. 예전에 사무실에서 함께 일했던 동료가 나와 승환 소장을 보고 마치 톱니바퀴 같다고 표현한 적이 있는데, 그 표현이 정말 딱 들어맞는 것 같다. 나와 승환 소장은 서로 정말 다르지만, 그 다름이 찰칵찰칵 들어맞아서 앞으로 철컥철컥 나아간다.

2부

어쩌다 보니
공공 건축가

우리가
공공 건축을 하는 이유

전보림·이승환

공공 건축이란 무엇일까. 좀 진부한 표현이긴 하지만 미국 대통령 링컨의 말을 빌리자면, 공공 건축은 공공의, 공공에 의한, 공공을 위한 건축이라고 할 수 있다. 공공의 서비스를 필요로 하는 모든 사람을 위해 세금으로 만드는, 우리 모두가 주인인 건축이다. 공공 건축은 생각보다 매우 중요하다. 한 해 약 28조나 되는 거액의 세금이 사용되어서기도 하지만(2014년 기준, 출처:《건축이 바꾼다》, 박인석, 마티, 2017), 무엇보다 살면서 꽤 자주 이용하게 되는 건축이기 때문이다.

공공 건축의 범위는 생각보다 넓다. 우리가 거의 매일 마주하는 학교, 기차역, 버스 정류장, 공원은 물론이거니와 가끔 가는 동사무소나 구청, 시청, 도서관, 체육센터, 보건소도 공공 건축이고, 되도록 가지 말아야 할 경찰서나 소방서, 교도소 역시 공공 건축이다. 어린 시절 눈 뜬 시간의 대부분을 학교에서 보냈다는 사실만 떠올려도 공공 건축이 우리의 삶에서 차지하는 비중이 얼마나 큰지 새삼 깨닫게 될 것이다. 게다가 사회의 복지 수준이 점점 높아지면서 문화센터, 노인복지회관, 청소년수련센터, 육아종합센터 등 이전에는 없던 새로운 기능의 건축도 추가 되었다. 매년 5,000여 채에 가까운 공공 건축물이 우리나라 곳곳에서 지금도 줄기차게 지어지고 있는 것이다.

공공 건축은, 비단 그곳에 일터를 둔 사람이 아니더라도 집과 직장, 식료품점에 이어 사람들이 가장 오랜 시간 머무는 장소일 것이다. 게다가 공공 건축에서 보내게 되는 시간은 앞으로도 계속 늘어날 것이다. 결국 나라에서 하는 일이니 어디에 얼마를 써서 어떻게 짓든 내 알 바 아니라고 생각할 일이 아닌 것이다. 공공 건축의 완성도는 내 삶의 질, 행복도와 직결된다. 내가 갈 도서관이고 내 아이가 다닐 학교이고 내 가족이 거닐 공원이다. 누구든 공공 건축에 관심을 가져야 할 이유가 여기에 있다.

공공 건축을 만드는 과정은 크게 기획, 공모, 설계, 시공 이렇게 네 개의 단계로 나눌 수 있다. 기획은 어떤 공공 건축을 어디에, 어떤 크기로, 언제부터 언제까지, 얼마를 들여 지을 것인지를 결정하는 단계다. 공모는 건축물의 구체적인 모양을 정하기 위해 여러 설계사무소들로부터 설계안을 제출받아 심사하고 당선안을 결정하는 단계다. 설계비가 적을 경우에는 공모 대신 전자입찰이라는 가격 경쟁을 통해 최저가를 제시한 설계안을 채택하기도 한다. 설계 단계에서는 설계안이 채택된 설계자가 건축주인 발주처와 자세한 내용을 협의하며 설계를 진행하고, 설계가 완료되면 입찰에 의해 결정된 시공자가 시공을 하게 된다. 이 모든 과정을 순서대로 거쳐야 비로소 공공 건축이 완성된다.

최대한 간단하게 설명하려고 했지만, 사실 공공 건축이 세워지기까지의 과정은 그리 간단하지 않다. 실제로는 말로 설명하기 어려울 정도로 힘들고 복잡한 일들이 연달아 벌어진다. 원래 건축이라는 것이 결정해야 할 일도 많고 관여하는 사람도 많고 들어가는 돈도 많은 일이다. 더구나 공공 건축은 세금을 사용하는 만큼 매 단계마다 밟아야 할 절차와 갖춰야 할 증빙 자료까지 더해진다. 제대로 돈을 사용하고 있는지, 제대로 된 의사 결정 과정을 거쳤는지에 대한 증거를 남겨야 하는 것이다.

　　이렇게 골치 아픈 공공 건축에 우리가 발을 들여놓게 된 계기는 실로 단순하다. 그저 사무소를 열었을 때 다른 일이 없어서였다. 법률상 일정 규모 이상의 공공 건축물을 지으려면 반드시 공모전이라는 형식을 통해 설계안과 설계자를 정해야 한다. 때문에 우리처럼 일 없는 사무소에게 공모전은 일을 얻을 수 있는 소중한 기회다. 전자입찰은 경쟁률이 높아서 로또나 마찬가지로 당첨 가능성이 낮지만, 공모전은 설계안이 우수하고 심사 과정이 공정하다면 당선될 가능성이 제법 높다. 일을 얻으려는 단순한 이유로 시작한 공공 건축이지만 벌써 우리의 설계로 지어진 공공 건축물만 세 개나 되고, 현재 준비 중인 공모전과 아깝게 떨어진 공모전까지 포함하면 그 수가 열 개 남짓 된다. 정신을 차리고 보니 어느새 공공 건축만 하는 사무실이 되어 있었다.

　　솔직히 이런 상황은 우리가 의도했던 것도, 원했던 것도 아니었다. 민간 영역의 프로젝트는 완성된 건축물을 보고 건축주가 설계사무소를 찾아오는 경우가 종종 있지만, 공공 영역의 건축은 매번 공모전이라는 경쟁 과정을 거쳐야 하기 때문에 지속적으로 일을 얻기가 힘들다. 일단 공모전에서 우리 설계가 가장 좋은 평가를 받으리라는 보장도 없고, 자칫 입상작 안에도 들지 못하면 준비 기간과 비용이 고스란히 사무실에 마이너스로 쌓인다. 게다가 공공 건축물의 설계는 상대적으로 짧은 기간 안에 집약적으로 높은 노동 강도를 요구한다. 이 때문에 한번 납품을 하고 나면 다신 하지 말아야겠다는 푸념이 절로 나온다. 하지만 가끔씩 좋은 공모가 나오지 않았나 하며 나라장터 공고 페이지를 찾아보게끔 만드는 묘한 매력이 있다. 우리는 공공 건축에 왜 자꾸 끌리는 것일까.

그 이유는 분명하다. 건축가로서 공공 건축을 설계한다는 것은 매우 보람 있는 일이기 때문이다. 공공 건축은 여러 사람이 공공의 서비스를 이용하기 위해 방문하는 열린 건축물이다. 물론 상가나 백화점, 극장, 호텔 등도 여러 사람이 이용하는 열린 건축물이긴 하지만 아무래도 이런 건물들은 건축 공간 자체를 순수하게 부각하기보다는 수익성을 우선해서 지어지는 경우가 많다. 건축가는 자신이 설계한 건물을 방문한 사람들이 브랜드와 진열된 상품에 정신이 팔리기보다는 공간이 주는 감각 자체를 즐길 수 있기를 바라기 마련이다. 그리고 그곳이 자유롭게

드나들 수 있는 건물이라면 더 기쁠 것이다. 바로 이런 이유에서, 건축가로서 자신이 설계하여 완성된 공공 건축물을 많은 사람이 이용하는 모습을 보는 것은 비할 바 없이 뿌듯한 일이다. 그야말로 건축가가 되길 잘했다는 생각이 들게 하는 순간이다.

공공 건축을 놓고 싶지 않은 또 다른 이유는 공공 건축이야말로 '설계의 가치'를 제대로 보여줄 수 있는 분야라고 생각하기 때문이다. 공공 건축은 여러 사람이 경험하는 건축인 만큼 개인 주택이나 청담동의 명품 매장과는 사회적 파급력의 크기가 다를 수밖에 없다. 좋은 설계로 잘 지어진 공공 건축에서 많은 사람들이 효율적이고 쾌적한 공간을 경험하고 아름답고 편리한 디테일을 접한다면 '아, 설계란 게 참 중요한 거구나'라고 생각하게 되지 않을까? 설계의 가치를 어필할 수 있는 방법으로 이보다 더 효과적인 방법은 생각나지 않는다.

그렇게 설계의 중요성을 알리려면, 우선 좋은 공공 건축이 많아져야 한다. 그런데 슬프게도 우리나라 대부분의 공공 건축은 그 수준이 열악하기 짝이 없다. 공모전에 낸 이미지만 그럴듯하고 내부 설계는 평면의 합리성은 고사하고 성의조차 없는 건물이 너무나 많다. 어쩌면 더 심각한 문제는 대부분의 사람들이 그런 건물이 왜 별로인지 관심조차 없는 현실인지도 모르겠다. 나는 공공 건축이야말로 그 나라의 문화 수준을 평가하는 잣대라고 생각한다. 잘 만들어진 공공 건축물은 문화를 바꾸고 사람의 생각을 바꾸는 힘을 가지고 있다. 좋은 설계의 가치를 알아보고 그 작업의 과정을 존중해주는 1퍼센트의 비율이 10퍼센트를 넘어 100퍼센트가 되는 세상을 꿈꿔본다.

모두가 알아야 할
설계 공모 이야기

전보림

설계 공모란, 설계에 반영해야 할 조건을 주고 제출 기한 안에 다수의 설계자로부터 설계안을 제출받은 다음 심사를 통해 설계안을 결정하는 과정을 말한다. 공공 건축은 설계비가 일정 규모 이상이면 반드시 설계 공모를 통해서 설계안과 설계자를 결정하도록 되어 있다. 그 이유는 크게 두 가지다. 첫째는 우수한 설계안을 찾기 위해서다. 둘째는 세금으로 지급되는 설계비를 공정한 경쟁을 거쳐 실력 있는 설계자에게 주기 위해서다. 그런데 이 설계 공모란 것이 적지 않은 금액의 설계비를 두고 경쟁하는 일이고, 설계안의 우열을 가리는 기준이 정량적일 수 없다 보니 본래의 취지에 맞지 않게 우수한 안을 두고도 그보다 못한 안이 당선되는 문제가 끊이질 않아 왔다.

몇 년 전 나는 한 지방 도시의 육아종합센터 설계 공모의 당선작을 보고 경악을 금할 수가 없었다. 한물간 유행을 어설프게 흉내 낸 조잡한 설계안이 같이 제출된 여섯 개의 응모작을 제치고 당선되었다는데 아무리 봐도 뭔가 잘못되어도 한참 잘못된 것 같았다. 다른 설계안 중 이것보다 조금이라도 나은 안이 단 하나도 없었을 리 없다고 나는 100퍼센트 확신했다. 설계라는 것이 보는 사람에 따라 평가가 달라질 수 있는 것인데 뭘 근거로 확신할 수 있냐고 의문을 제기할지도 모르겠다. 그런데 바로 그 점을 악용해서 일부 심사위원들은 우수한 안 대신 청탁을 받았거나 친분이 있는 업체의 안을 선택한다. 그리고 이러한 부정행위는 사실 어제 오늘의 일이 아니고, 슬프게도 극소수 공모전만의 이야기도 더욱 아니다.

건축 설계 공모는 사실 참여자에게 큰 투자 혹은 희생을 요구하는 제도다. 조금만 더 발전시키면 짓는 데 크게 무리가 없을 만큼 완성도 있는 설계안을 제출하는 데는 기본적으로 적지 않은 시간과 노력이 필요하기 때문이다. 제출물에는 도면뿐 아니라 설계에 대한 이해를 돕기 위해 건물을 입체적으로 표현한 투시도가 포함되어야 하고, 설계 아이디어를 설명하기 위한 다이어그램도 있어야 한다. 최소한 한 달여의 인건비와 사무실 운영비, 출력비 등 적지 않은 시간과 비용을 설계 공모에 참여하는 모든 설계사무소가 지출하는 셈이다. 당선되면 작게는 1억 원에서 크게는 10억 원 이상의 설계비와 설계 기회를 얻을 수 있다는 기대감을 가지고 공모에 참여하지만, 결국 선택받는 설계사무소는 그중 오직 한 군데뿐이다. 그래서 설계사무소들은 당선을 위해 필사의 노력을 한다. 당연하고도 바람직한 현상일 것 같지만 이 대목에서 문제가 발생한다. 일부 설계사무소들은 그 노력을 설계안을 만드는 일이 아닌 자기네 안이 좋은 평가를 받도록 심사위원에게 영향을 행사하는 데 쓰기 때문이다. 설계안을 심사 전에 미리 보여주며 설명한다거나 잘 봐달라는 청탁을 하는 것이다. 이는 분명히 엄격히 금지된 일이지만 공공연히 어기는 사무소가 부지기수다. 만일 평소에 심사위원과 돈독한 친분을 쌓아두었고 심사 과정에서 작품을 직접 설명하는 절차가 있으면 사전 설명조차 필요 없다. 심사위원은 자신과 친분이 있는 사무소의 응모작을 선정하고, 당선자는 당선 후에 평소처럼 심사위원에게 톡톡한 인사를 건네면 된다. 이런 식의 부정 심사와 로비는 현행법으로는 처벌할 근거가 딱히 없다.

　건축업계에는 심사위원에게 청탁하는 갖가지 방법들이 전설처럼 전해지고 있다. 돈 봉투를 놓고 오는 고전적인 방식부터 설명을 위해 들고 간 노트북을 마치 실수인 양 조공처럼 두고 오기, 형식적인 자문회의를 연 다음 자문비 명목으로 거액을 송금하기, 골프 회동을 예약해서 대접하기, 교수에게는 졸업생을 인사 담당으로 배정해서 정기적으로 인사하기 등등. 특히 대형 설계사무소들이 심사위원들에게 조직적인 로비를 한다는 건 업계에선 비밀도 아니다. 조달청에 심사위원으로 등록된 교수들에게는 촌스럽게 설계 공모가 있을 때만 연락하는 것이 아니라 평소부터 꾸준히 공을 들여 관리한다고 한다. 오죽하면 대형 설계사무소의 당선 능력은 로비 능력과 정비례한다는 말까지 있겠는가. 이런 지경이니 전화를 걸어 잘 봐달라고 부탁하는 정도는 애교에 속하는 수준일지도 모르겠다.

　사실 문제가 있는 것은 참가 업체만이 아니다. 청탁한다고 그걸 받는 심사위원들이 더 문제다. 어떤 심사위원은 한술 더 떠서 소위 '사후 로비'를 요구하기도 한다. 로비를 하지 않은 업체가 당선되면 당선자에게 연락해 인사나 한번 하러 오라고 하는 것이다. 여기에서 말하는 '인사'가 정말 말 그대로 안부 인사인지 아니면 두둑한 돈 봉투인지 모르겠다. 설계안이 좋아서 당선작으로 뽑았으면 심사위원이나 당선자나 각자 할 일을 다 한 것뿐인데 무슨 인사가 필요한 걸까.

　설계 공모에는 심사위원 사전 접촉 금지라는 규정이 있어 참가자는 물론 심사위원에게도 청렴서약서를 받는다. 규정을 어긴 것이 발각되면 나중에라도 탈락을 시킨다는 내용도 들어 있다. 그러나 내가 듣기로 심사위원을 만나 설계안을 설명하는 업체들은 여전히 많으며, 그에 대한 처벌을 받은 사례는 들은 적이 없다. 게다가 참가 업체는 심사 결과에 대해 어떠한 이의도 제기할 수 없다는 공모 규정이 떡하니 있으니 주눅이 들 수밖에 없고, 일부 심사위원들은 심사 전에 연락해서 잘 봐달라고 부탁했던 업체의 안을 마음 놓고 선택한다. 정 시끄러워지면 '설계안이란 보는 사람에 따라서 판단이 달라질 수 있다'는 핑계를 대면 그만이니까. 그래서 지금껏, 지금 이 순간에도 정말로 한심한 수준의 설계안이 더 나은 안을 제치고 당선작이 되고 있는 것이다.

내가 주변에 이런 이야기를 하면 대부분 '이 사회가 아직 그런 수준이지 뭐' 또는 '사정은 안 됐지만 어쩔 수 없지 않나' 정도의 표정을 짓는다. 한마디로 남의 일, 강 건너 불 보듯 한다. 사실 나 역시 설계 공모에 직접 참여하기 전에는 그랬다. 그냥 내가 어찌할 수 없는 일처럼 보였다. 그런데 우리 사회에서 이토록 공공연히 그리고 광범위하게 이루어지고 있는 부정행위가 정말로 어쩔 도리도 없고 나와는 별 상관없는, 중요하지 않은 일인 걸까.

사실 설계비 자체는 그리 크지 않은 돈이다. 대규모 사업을 제외하면 대다수 공모전의 설계비는 1억 원에서 5억 원 정도다. 설계사무소에겐 엄청난 거액이지만, 비리가 터졌을 때 뉴스의 헤드라인을 장식하기엔 작은 금액이다. 특히 수백 억짜리 방산 비리나 몇 조 원짜리 자원 외교 실패 같은 굵직한 뉴스들 틈에서는 더욱 그렇다. 게다가 누가 설계하든 건물이 무너지지만 않으면 됐지 뭐가 문제냐고 생각할 수도 있다.

그러나 설계 공모 과정을 거치는 사업에만 한 해 우리나라 공공 건축에 쓰이는 28조 중 약 20퍼센트에 해당하는 6조 가까운 예산이 쓰인다. 만약 이 중 상당수가 공정하지 못한 심사로 결정된 허접한 설계안으로 지어졌다면, 이건 결코 설계비만의 사소한 문제가 아니다. 백보 양보해 그중 절반가량은 괜찮은 안이 선택된다 해도, 여전히 2~3조 원 남짓한 예산은 매년 수준 낮은 설계안으로 공공 건축을 짓는 데 낭비된다고 할 수 있다.

내가 이런 이야기를 하면 그걸 증명할 방법이 있느냐, 심사 위원들은 정말 그 당선작이 훌륭하다고 생각했을 수도 있지 않느냐, 게다가 좀 덜 우수한 설계안으로 지어졌다고 해서 과연 예산 낭비라고 할 수 있느냐 등의 의견이 나올 수 있다. 그렇다면 나는 오히려 되묻고 싶다. 각자 살고 있는 동네에, 이건 정말 잘 지었다 싶은 좋은 디자인의 공공 건축물이 있느냐고. 만약 있다면 몇 개나 되느냐고. 아마 단 하나라도 있다면 다행이겠지만 그렇지 못할 가능성이 크다.

고심의 흔적이라곤 없는 평면에 화강암 판석이나 알루미늄 복합 패널 그리고 시퍼런 유리 커튼월로 지어진 공공 건축물들을 보면서도 이상하다거나 문제가 있다고 생각하지 못한다면 그것이야말로 우리가 좋은 디자인의 공공 건축물을 경험한 적이 없다는 뚜렷한 증거다. 노란색이나 주황색 띠를 두르고, 한 면에만 서너 가지 색의 벽돌과 패널을 섞어 쓴 조잡한 학교 건물은 지금 이 순간에도 우리 동네 어딘가에 지어지고 있다. 경제 규모가 세계 12위인 한국의 공공 건축 수준이 진정 이 정도란 말인가. 우리나라 건축가들의 디자인 능력이 고작 여기까지일까.

서구 유럽의 선진국들이야 공공 건축의 역사가 오래된 만큼 그 수준이 높다는 건 잘 알려져 있다. 일본도 건축 수준이 그에 못지않다는 것 역시 부정하기 힘들다. 그런데 요즘 참고할 설계 사례를 찾다보면 분명 일본 사람도 한국 사람도 아닌 검은 머리 사람들이 멋진 건축물 사진 속에 보일 때가 많다. 그냥 단정한 정도가 아니라 대범하면서도 기가 질릴 정도로 수준 높은 그 건축물들은 짐작하다시피 중국의 건축물들이다. 우리나라가 설계 공모 심사 부정에 대해 '어쩔 수 없는 일'이라며 손을 놓은 채 고만고만한 구닥다리 공공 건축물을 줄기차게 짓고 있는 동안, 어느새 중국은 입이 떡 벌어질 수준의 공공 건축물을 만들며 건축 디자인에서 한국을 이미 앞서나가기 시작했다. 이래도 건축 설계 공모의 부정이 그저 강 건너 불구경 같은 남의 일인가? 한 해에도 몇 조의 세금이 허접한 공공 건축에 낭비되면서 내가 누려야 할 공공 건축물의 환경이 몇십 년 전과 별 다를 바 없는 수준에 머물러 있는데 말이다.

건축 설계를 평가할 때 개인의 취향이 영향을 주는 영역이 있음은 분명하다. 그러나 결코 그 부분이 건축 설계의 전부는 아니다. 프로그램을 공간으로 풀어내는 합리성이나 프로그램을 해석하는 창의성, 그리고 공간 설계의 완성도 또한 건축 설계를 평가할 때 중요한 요소다. 취향에 따라 평가가 엇갈릴 수 있는 부분은 결국 설계 평가 기준의 일부에 불과하다. 공정성이 의심되는 설계 공모에서 당선된 작품들을 보면 대체 어떤 점에서 우수하다는 평가를 받은 건지 아무리 뜯어 봐도 알 수 없는 경우가 많다. 대지 상황을 제대로 반영하지 않은 작품부터 시작해서 내부 공간은 제대로 설계조차 되지 않은 작품, 때로 설계 지침을 중국의 공공 건축.
왕슈가 설계한 닝보역사박물관

지키지 않은 작품마저 있었다. 심사위원들의 안목이 낮은 경우도 있겠지만, 부정한 영향을 받았다는 것 말고는 설명이 안 되는 상황이 많다. 능력 있는 전문가가 제대로 들여다보면 결과를 뒤집어야 할 심사가 정말이지 한두 개가 아니다. 설계 공모가 그렇게 운영되는 동안 우리 주변은 조악한 공공 건축물로 차곡차곡 채워지고 우리 눈은 그에 익숙해져 버렸다. 만약 우리가 더 나은 디자인의 공공 건축을 경험할 수 있었다면, 우리 사회의 미적 수준은 얼마나 올라갔을까. 결국 우리가 낭비한 것은 세금만이 아니다. 더 나은 사회를, 더 아름다운 도시 환경을 누릴 기회비용까지 잃어버린 것이다.

좋은 설계는 수준 높은 공공 건축을 만들기 위한 가장 핵심적인 요소다. 설계 공모를 공정하게 운영하는 것이 얼마나 중요한 일인지를 깨달은 서울시를 중심으로 최근 공정한 설계 공모가 점점 늘어나고 있다. 비록 심사위원 개개인의 청렴성에 의존하는 측면이 크긴 하지만 심사 과정을 전면 공개하는 등 바람직한 선례를 만들어 나가고 있다. 공정한 설계 공모를 위해 노력하는 사람들이 있다는 건 참으로 다행스런 일이다. 그러나 나는 설계 공모 제도를 더욱 혁신적으로 개선해야 한다고 생각한다. 설계 공모 공고에 심사위원을 의무적으로 공개하는 것은 물론이고, 심사에서 토론 과정이 필수로 있어야 하며 당선작 및 참가작 등 설계안과 그에 대한 심사 결과를 전부 온라인에 공개하도록 강제해야 한다. 명백하게 부당하다고 생각되는 심사 결과에 대해서는 이의를 제기할 수 있는 기회 또한 주어져야 한다. 참가자 개개인이 심사위원의 비리를 조사하거나 발견하는 것은 사실상 불가능하므로, 부정한 심사가 의심될 경우 감찰할 수 있는 공권력을 가진 장치도 만들기를 제안한다. 필요하다면 참가자와 심사위원의 이메일과 휴대폰 통화 내역, 계좌 내역을 공모 기간 이후 일정 기간까지 조회하는 등 부정을 막기 위한 강력하고도 실질적인 조처를 취해야 한다. 언제까지 청렴서약서라는 시늉뿐인 공정함에 안주할 것인가. 규칙을 어기고 부정을 저지르면 적발됨은 물론 처벌도 받아야 한다. 사소해 보인다는 이유로 사회의 부조리함에 눈을 감는다면 그 피해는 결국 어떤 방식으로든 우리에게 돌아올 수밖에 없다.

설계 공모,
기획의 관점에서 보다

이승환

2019년 초, 우리나라 건축계에 전례 없는 사건이 하나 있었다. 세종시에 들어설 신청사 설계 공모 심사장에서 심사위원장인 건축가 김인철 선생님이 심사 과정 전반에 문제를 제기하며 자리를 박차고 나간 것이다. 발주처에서 이미 설계안을 점찍어 놓고, 마치 작전이라도 전개하듯 건축적으로 괜찮은 설계안들을 어이없이 탈락시켜버렸다는 것이 선생님이 밝힌 이유였다. 그는 자타가 인정하는 실력과 경륜을 갖춘 건축가이자 당시 세종시 총괄건축가이기도 했기 때문에 그 충격이 만만치 않았다.

이 사건이 처음 대중에게 알려진 것은 김인철 선생님의 《중앙일보》 인터뷰가 기사화되면서부터다. 기사 제목의 '공모전, 짜고 친 심사였다'라는 표현이 건축계를 대표하는 분의 발언치고는 상당히 직설적이었기 때문에, 처음 SNS에 이 기사가 링크되었을 때 '아, 드디어 올 것이 왔구나', '이참에 건축계의 적폐가 청산되는 것 아닌가' 하는 분위기마저 읽을 수 있었다. 이를 계기로 나와 같은 건축가들이 우리 건축계에 만연한 설계 공모판의 로비 문제가 표면화될 수 있겠다는 희망을 느낀 것이다. 그러나 뒤따른 언론 기사와 SNS에 올라온 여러 글의 맥락을 보니, 선생님은 다른 문제보다도 건축적으로 옳지 않은 안이 당선되었고 그 절차마저 부당했기 때문에 심사 도중에 나왔다는 것을 알 수 있었다. 나는 여러 가지 사안이 복잡하게 얽힌 것처럼 보이는 이 문제의 본질을 설계 공모 기획의 관점에서 찾고 싶다. 서로 다른 견해가 극적인 시간과 장소에서 충돌하면서 불거진 이 사건은 근본적으로는 제대로 된 기획의 부재에서 비롯된 것이다.

사실 이 모든 논란은 세종청사의 독특한 건축적 특성에서 기인한다. 일단 나는 사용자가 아니기 때문에 세종청사를 몇 번 방문해본 것만 가지고 그 건축적 타당성에 대해 단정적으로 말하기 어렵다. 현재 세종청사는 여러 부처의 건물들이 자유로운 곡선 형태로 이어지며 낮고 넓게 펼쳐져 있다. 우뚝 솟은 권위적 형태를 피하고 국민에게 열려 있는 청사를 만들겠다는 의도가 담긴 디자인이다. 그러나 동선이 길고 복잡해서 길 찾기가 어렵다는 비판도 동시에 존재한다. 이런 특징 때문에 부처 간 소통이 불편하고 업무 효율이 떨어진다는 주장과, 일반 건물과 다른 세련된 곡선 형태가 딱딱한 공무원의 조직 생활에 변화를 가져올 것이라는 주장이 공존하고 있는 현실이다(어쩌면 세상의 많은 일들이 그렇듯 양쪽 모두 어느 정도 진실일 가능성이 크다).

문제는 이런 상반된 시각차에 대한 합의나 결론 없이 공모전이 기획되었다는 점이다. 알려진 바에 의하면 설계 공모 준비 단계부터 세종시 총괄건축가인 김인철 선생님과 발주처인 행정

안전부 사이에 입지 선정과 같은 기본 방향에서부터 입장 차이가 있었고, 그 간극이 조율되지 않은 채 설계 공모가 시작되었다고 한다. 이러한 갈등이 결국 접수된 응모작들을 두고 기존 맥락을 무시한 고층안을 선호하는 쪽과 반대로 이를 고려한 저층안을 지지하는 쪽으로 편이 갈리는 상황을 만든 것이다. 만약 심사위원과 발주처가 두 가지 상반된 접근법 중 어느 쪽이라도 받아들일 준비가 되어 있었다면 전적으로 그 결정은 건축가의 창의성에 기대어 내리는 것이 맞다. 반대로 고층안과 저층안이 당락을 결정지을 정도의 중요한 문제라면, 설계 공모를 준비하는 단계에서 전문가의 주도 아래 충분한 토의와 합의를 거쳐 한 가지 방향을 정한 후 이를 설계 공모 지침에 명확하게 적시해야 한다. 그런데도 실제 공모전 지침서에는 '주변 자연환경 및 건물들과 전체적인 조화를 유지하라'는, 사실 어떻게 해석해도 문제될 것이 없는 두루뭉술한 문구만 쓰여 있었다. 이런 상태에서 공모전 심사가 진행되었으니, 절차상의 문제가 불거지고 모두를 납득시킬 만한 안이 선정되지 못한 것은 어떻게 보면 당연한 결과다.

솔직히 이런 문제는 전부터 숱하게 보아왔다. 한번 생각해 보라. 공연장 설계 공모가 있어서 여러 설계사무소가 공들여 설계안을 제출했는데, 막상 심사가 시작되니 심사위원이 특정한 음향 방식만이 정답이라고 주장하는 상황을. 왜 처음부터 그 내용을 설계 공모 지침에 넣지 않았는가? 다른 음향 방식으로 설

↙ 논란이 된 세종신청사 국제설계공모 당선안
(자료 제공: 행정안전부 정부청사관리본부)

계안을 풀어낸 사무소는 음향 방식을 제외한 모든 미적, 기술적 성취를 평가받을 기회를 처음부터 박탈당하게 된다. 설계 공모 참가자에게 여러 가지 제안할 수 있는 자유가 주어지는 제안 공모의 형식도 아니면서 계획안의 성격 자체에 큰 영향을 줄 지하층을 만들지 말지를 왜 참가자가 결정해야 하는가? 어차피 예산은 정해져 있을 텐데, 기획 단계에서 내렸어야 하는 판단을 건축가에게 떠미는 것은 책임 회피나 다름없다. 거대한 예산이 투입되는 중요한 공공사업도 이럴진대, 작은 지방자치단체에서 시행하는 도서관이나 노인복지관, 청소년문화센터 같은 일상적인 공공 건축은 어떠할까. 그 빈약하기 짝이 없는 지침서를 보면 한숨만 나온다.

전문성을 갖추지 못한 공무원이나 수의 계약으로 일을 맡은 대행업체가 다른 사업의 지침서를 가져다가 사업명만 바꾸는 일도 허다하다. 이따금 전(前) 사업명이 미처 수정되지 못한 채 남아 애처로움을 더하기도 한다. 지침서 작성 단계만 문제인 것은 아니다. 지침에 담긴 내용과 정면으로 위배되는 안을 당선작으로 뽑기도 한다. 기획 의도를 정확하게 이해하지 못한 실력 없는 심사위원들이 잘못된 판단을 내린 경우다. 애꿎은 담당 공무원만 손톱을 물어뜯을 뿐 아무도 책임지지 않는다. 이게 모두 제대로 된 기획 과정의 부재와 내용의 부실에서 비롯된 것이다.

우리에게 필요한 것은 프로젝트가 지향하는 목표를 위해

발주처가 미리 결정할 것과 공모 단계를 통해 건축가의 창의성으로 구현해낼 것을 구분한 명석한 기획이다. 충분한 토론과 고민을 통해 합의에 이른 합리적인 기획이 있어야만 좋은 설계 공모 지침서를 만들 수 있다. 그리고 이러한 설계 공모 지침서에 따라 심사가 잘 이루어졌는지, 또 설계 및 심사 의도에 따라 이후 모든 단계가 잘 진행되는지를 모니터링할 수 있는 장치가 필요하다. 설계 공모 기획의 개념이 공모전 심사 이후의 단계까지 영향을 미칠 수 있도록 확장되어야 하는 이유다. 이 모든 것을 포함하는 체계적인 시스템이 확립될 때 설계 공모로 야기될 수 있는 여러 논란이 비로소 잦아들 것이라 믿는다.

설계 공모
심사의 무게

전보림

얼마 전 나는 매우 뜻깊은 공모전의 제출안들을 심사할 기회가 있었다. 군사 독재 시절 고문 수사로 악명 높았던 서울 남영동 대공분실을 민주주의와 인권의 소중함을 되새기는 민주인권기념관으로 재탄생시키는 프로젝트의 설계 공모전이었다.

1976년에 처음 지어진 남영동 대공분실은 한국을 대표하는 건축가인 김수근이 설계했다는 점뿐만 아니라 고문이라는 잔혹한 행위를 효과적으로 수행할 수 있도록 치밀하게 계획되었다는 점에서도 우리나라 건축사에서 매우 특별한 위치를 차지하고 있는 건물이다. 그래서 공모전의 설계 지침에는 기존의 대공분실 건물을 물리적으로 훼손하지 않으면서 새 기념관을 계획하라는 내용이 담겨 있다. 결국 고문이 이루어지던 기존 건물과 그 역사를 되짚고 반성하는 새 건물 사이의 관계를 어떻게 의미 있게 풀어내느냐가 이번 공모전의 핵심 과제였다. 참여 건축가들은 지극히 무거우면서도 난해한 과제를 떠안은 셈이다. 우리나라 민주화 역사에 아로새겨질 프로젝트의 위상을 생각하면, 건축가뿐 아니라 이 공모전을 대하는 모든 이의 마음이 결코 가벼울 수 없을 것이다.

심사 일주일 전에 공모전에 제출된 작품들의 설계 설명서를 이메일로 받았다. 그래서 그날부터 심사하는 날까지 여러 번 설계안들을 비교해서 살펴보고 핵심 내용과 특이점들을 메모했다. 공공 건축에 투입되는 어마어마한 양의 세금을 생각한다면 하찮은 설계 공모전이 어디 있겠냐마는, 이 공모전은 특별한 의의를 지녔기 때문에 더 무거운 책임감과 긴장감이 느껴졌다. 나는 사람에 대해서는 판단이 느린 편이지만, 건축 디자인에 대해서는 비교적 판단이 빠르고 쉽게 바꾸지도 않는 편이다. 하지만 중요한 심사를 앞두자 갑자기 스스로에 대한 의구심이 피어나기 시작했다. 자신의 판단을 굳게 믿는 순간이야말로 오히려 틀린 판단을 할 위험이 가장 큰 순간이 아닐까? 이런 걱정을 가슴에 품은 채 심사장으로 향했다.

심사를 시작하기에 앞서 제출 업체 명단이 공개되자 뜻밖의 사태가 벌어졌다. 심사위원 일곱 명 중 세 명이 최근 2년 이내에 제출 업체와 함께 용역을 했거나 자문을 해준 적이 있다는 이유로 심사장에서 퇴장해야 했던 것이다. 현행 규정상 참가 자격에 제한을 둘 수 없다는 이유로 도리어 참가자가 심사위원을 퇴장시키는 어이없는 일이 벌어졌다.

나는 도저히 이해할 수 없었다. 설계 공모 공고 시 심사위원을 미리 공개했고, 부정을 막기 위한 규정도 분명히 공지했을 텐데 왜 이런 일이 벌어진 것일까. 공모전 운영을 기획한 사람들은 시간과 비용을 들여 심사위원들의 면면을 살피며 정식 선정 과정을 거치는 등 정성스럽게 공모 과정을 준비했을 것이다. 그런데 이치에 맞지 않는 규정이 심사의 근간을 흔든 것이다. 게다가 동창이나 사제지간은 괜찮고 같이 용역을 한 업체는 안 된다는 기준도 우스꽝스럽기는 마찬가지다. 심사위원에게 그런 규정을 강요하기보다는, 심사 과정과 결과를 투명하게 공개하고 그 적절성을 통해 심사위원의 청렴성과 능력을 판단해야 옳다. 그런데 공모전 당선작 공개 의무 규정이 몇 달 전 국토부 법령에서 또 사라졌다고 한다. 그래서 이번에도 당선작은커녕 입선작, 참가작은 전혀 공개되지 않은 채 평가표만 공개되었다. 그건 정보 공개가 아니라 공개를 위장한 기만일 뿐이다. 언제까지 이런 깜깜이 행정을 계속할 것인가.

심사는 네 시간이 넘는 긴 시간 동안 진행되었다. 네 명의 심사위원들은 자유로운 토론으로 각 제출안에 대한 의견을 내면서 투표제로 순위를 정하고, 만장일치로 당선작을 결정했다. 안목과 경륜이 있는 심사위원들과 나의 의견이 일치해서 내심 안심이 되었다.

심사에서 당선안을 선택할 권한은 나를 비롯한 모든 심사위원들에게 있다. 그러나 사실 그 권한은 본디 심사위원들의 것이 아니다. 세금을 낸 국민들이 전문가로서 더 나은 판단을 하라고 잠시 위임해 준 것일 뿐이다. 그러니 심사위원들은 위임받은

↙ 민주인권기념관 설계 공모 당선안
(자료 제공: 디아 건축)

권한으로 옳은 판단을 할 지엄한 책무가 있다. 자신의 판단 근거에 대해 설명하고, 설득하며, 그 과정을 공개할 수 있어야 하며 잘못된 판단을 했다면 그에 대한 책임도 져야 마땅하다. 어떤 설계 공모의 심사에서는 토론도 없이 채점제로 당선안을 선택하기도 한다는데 하루 빨리 없어져야 할 나쁜 심사방법이다.

　　나는 이번 공모전 심사에 대한 책임을 언제라도 나에게 물어주기를 바란다. 몇 년이 지나 민주인권기념관이 그 실체적 모습을 드러냈을 때 공모전 심사에서 본 설계안대로 치밀하면서도 대범한 건축물이 될 것이라 굳게 믿고 있지만, 혹여 그때 내가 설계안을 잘못 선택했음이 드러난다면 나는 기꺼이 심사비를 반납하고 추후 몇 년이든 심사에 참여하지 않을 것이다. 그렇게 책임을 묻는다면 대체 누가 심사를 하려 하겠냐고 이의를 제기하는 분이 계실지 모르겠다. 그러나 당연히 모든 권한에는 책임이 따라야 한다. 책임 없이 권한만 행사하려 하고, 그래도 된다고 생각하는 것은 옳지 않다. 무엇보다 그 권한은 원래 나의 것이 아니기에.

우리가 바라는
공공 도서관

전보림

몇 년 전, 텔레비전 프로그램에 '기적의 도서관'이라 이름 붙인 소규모 어린이 전용 도서관을 세우는 일이 소개되면서 많은 사람들이 열광한 적이 있다. 그 프로그램이 종영하면서 관심도 시들해졌지만, 공공도서관은 여전히 지자체장들이 지역 주민의 지지를 얻기 위해 꺼내드는 단골 아이템이다.

우리의 첫 프로젝트인 매곡도서관도 어쩌면 그런 사업 중하나다. 도서관이 위치한 울산광역시 북구는 비교적 최근에 울산광역시에 편입된 동네로, 산업 단지와 우후죽순 들어선 아파트 단지만 있을 뿐 문화 시설이라곤 거의 없는 척박한 지역이다. 도서관 설계 공모전에 참가 등록을 하러 갔을 때 담당 공무원이 그 동네까지 버스가 올라갈지 모르겠다고 할 정도였다. 지역 상황이 그 정도니 새로이 들어설 도서관에 대한 지역 주민들의 기대가 얼마나 컸겠는가. 기대가 큰 것은 그들만이 아니었다. 설계를 맡게 된 우리 또한 이 도서관에 거는 기대가 대단했다. 우리의 첫 작품이 되어 아이디알의 존재를 세상에 드러낼 건물이었기 때문이다.

사실 매곡도서관은 원래 의미와는 다른 의미로 우리에게

기적의 도서관이다. 사무실을 열고 처음 도전한 설계 공모에서 당선된 것이 일단 기적처럼 신기한 일이었다. 그러나 더 놀라운 것은 수도권이 아닌 지방의 설계 공모에서 당선되었다는 사실이었다. 건축계의 지역 텃세는 상상을 초월할 정도로 심하다. 그로 인해 지방 공모전에서 타지 업체가 당선되기란 그야말로 하늘의 별 따기다. 그런데 공모전의 ㄱ 자도 모르던 시절의 우리가 '서울보다야 경쟁이 덜하겠지'라는 어수룩한 판단으로 응모한 지방의 설계 공모에 덜컥 당선되었으니 그야말로 기적이라 부를 만한 일이었다. 우리가 당선 소식을 전했을 때 다들 놀라서 턱이 빠졌다가 다시 끼우는 소리가 수화기 너머로 들리는 것 같았다. 아무도, 한 번도 본 적이 없는 일이라고 했다.

태어나 처음 해보는 공공 건축의 설계가 도서관이어서 우리는 정말 기뻤다. 마침 부부 건축가가 될 즈음부터 도서관에 열심히 다니면서 도서관을 좋아하게 되었기 때문이다. 부끄럽게도 나는 대학교를 졸업하고 직장 생활을 3년 정도 하다 건축사 시험을 볼 즈음에서야 도서관을 다니며 책 읽는 즐거움을 알게 되었다. 그때 나는 첫 아이를 임신한 상태였는데, 주변에 임신과 출산에 대해 알려줄 사람이 전혀 없어 책으로 궁금증을 해소하기 시작했던 것이다. 독서는 다음 독서로 이어졌고, 독서 주제는 임신에서 출산으로, 출산에서 육아로, 육아에서 환경으로 슬금슬금 이동하곤 했다. 그렇게 시작된 도서관 방문은 아이를 낳고 키

우는 시절 내내, 그리고 지금까지 이어지고 있다. 도서관을 좋아하게 된 만큼 기존 도서관 설계에 대한 불만 또한 새록새록 생겼다. 내가 도서관을 설계한다면 다르게 하고 싶은 것들을 자주 생각했고, 그 아이디어들을 첫 도서관 설계에 차곡차곡 반영했다.

우선, 매곡도서관은 일반 열람실과 어린이 열람실이 하나의 공간으로 연결되어 가족이 함께 책을 읽을 수 있도록 설계했다. 거의 대부분의 공공도서관은 어린이 열람실과 일반 열람실이 층과 벽으로 나뉘어 있다. 아이를 낳기 전에는 몰랐는데, 막상 아이를 데리고 가보니 그렇게 열람실이 분리된 구조가 사용자에게는 상당히 불편하다는 것을 알게 되었다. 어린이 열람실에는 내가 볼 책이 없어 심심했고, 일반 열람실에서는 칭얼거리는 아이를 데리고 책을 읽을 수 없었다. 결국 애들 입을 틀어막고 일반 열람실에 들어가 허겁지겁 책을 빌린 뒤 어린이 열람실로 돌아와야 했다. 매번 불편해서 짜증이 솟았다. 책을 읽는 것도 중요하지만 책을 '가족과 함께' 읽는 것도 중요한데, 그에 대한 고려가 설계에는 전혀 반영되어 있지 않았다. 그래서 내가 설계하는 도서관은 이산가족이 되는 불편함 없이 함께 책을 읽을 수 있는 공간으로 만들고 싶었다.

또한 도서관이 시험공부를 하러 온 사람들로 꽉 차 있는 것도 불만이었다. 도서관은 도서관의 책을 읽고 지식을 확장하기 위한 공간이지, 나라에서 무료로 제공하는 독서실이 아니다.

↙ 매곡도서관의 열람실. 어느 구석이든
누군가에게는 가장 마음에 드는
자리일 수 있다.

그런데도 대부분의 도서관은 동네 학교 시험 기간이면 앉아서 책장 넘길 의자 하나 찾기 어려웠다. 그래서 나는 매곡도서관이 시험공부를 위한 조용한 도서관이 아니라 편안히 책을 읽으며 소곤소곤 이야기도 할 수 있는, 조금은 시끄러운 도서관이 되어야 한다고 생각했다. 도서관은 당연히 조용해야 한다고 생각하는 사람이 많지만, 좋아하는 책을 읽는 데 방해가 되지 않을 정도의 낮게 깔리는 소음까지 문제 삼을 필요는 없다. 지금은 인터넷이 발달한 정보 홍수의 시대다. 책을 통해서만 지식을 얻던 시대가 지났듯 도서관이 책을 읽는 공간에 머물던 시대 또한 지나갔다. 이제 도서관은 사람과 사람이 만나 지식을 공유하고 소통하는 공간으로 그 역할과 의미가 진화하고 있다. 사실 공공도서관의 역사가 긴 나라에서는 도서관이 지역 커뮤니티의 중심 공간이자 복합 문화 공간으로 변모한 지 오래다. 우리나라 도서관 설계 공모에도 어김없이 복합 문화 공간이라는 말이 등장할 정도다. 시험공부용 좌석이 아니라 편안히 앉아 책을 읽을 수 있는 좌석이 늘어서 있고, 고요하지는 않지만 책을 읽기는 좋은, 그런 활기찬 도서관이 되었으면 했다.

　매곡도서관 설계의 또 다른 특징은 로비가 작고 초라한 대신 열람실이 화려하다는 점이다. 우리는 도서관 건축의 주인공은 책 읽는 공간이 되어야 한다고 생각했다. 그래서 열람실을 1층과 2층을 하나로 연결하여 층고가 높고 천창으로 부드러운 햇

빛이 들어오는 기분 좋은 공간으로 만들었다.

모든 열람실을 기울기가 12분의 1인 경사로로 연결한 점도 특징이다. 그래서 매곡도서관은 일반 이용객뿐 아니라 휠체어 사용자와 같은 보행 약자까지 모두 같은 경로로 도서관 공간을 이용할 수 있다. 실제로 유럽에서는 장애인을 위한 별도의 장치가 마련된 건축물보다 일반인과 장애인이 똑같이 이용할 수 있는 건축물을 차별을 없애는 더 좋은 디자인으로 여긴다. 우리나라 무장애 공간의 개념이 지금처럼 '장애인을 위해 특별한 무언가를 만들어야 하는' 방식에서 '모두에게 동등한' 방식으로 나아가는 데 매곡도서관이 조금이나마 기여할 수 있는 사례가 된다면 좋겠다.

완성된 매곡도서관은 땅이 가진 경사를 내부로 끌어들여 서로 다른 레벨 위에 펼쳐진 열람실의 서가를 완만한 경사로를 따라 산책하듯 거닐 수 있도록 계획되었다. 남북 방향으로 길쭉한 모양의 대지 남쪽 끝에서 시작된 경사로는 도서관 전체를 아우르는 하나의 질서가 되어 도서관 건물 내부로 들어와서 열람실을 따라 순환하는 동선이 되었다가 열람실이 끝나는 지점에서 다시 북쪽의 외부 마당으로 이어져 나간다. 고유한 기능을 가진 도서관 내의 개별 공간들은 그 동선에 느슨하게 매달려 도서관의 중심인 열람실 공간과 유기적인 관계를 맺고 있다. '가족이 함께하는 책 읽는 산책'이라는 개념으로 공모전을 통해 세상에 발표된 우리의 첫 도서관 설계는 1년여의 시공 과정을 거쳐 종이가 아닌 진짜 건축물의 모습으로 서게 되었다. 언제든 매곡도서관에 가보면, 열람실 구석구석에 편안한 모습으로 늘어져 책을 읽는 사람들을 볼 수 있다. 설계자인 우리를 알아보는 이는 아무도 없겠지만, 사람들이 기분 좋게 책을 읽는 광경보다 건축가에게 더 큰 보상은 없을 것이다.

우리나라 학교 건축이
후진 진짜 이유

전보림

대여섯 개의 설계 공모에 연이어 낙선하면서 과연 우리가 공공 건축을 계속할 수 있을지 깊은 의구심에 빠져 있을 무렵, 구원의 손길처럼 교육청이 발주한 설계 공모전에서 다목적강당 두 개가 한꺼번에 당선되었다. 바로 압구정초등학교 다목적강당과 언북중학교 다목적강당이다. 비록 설계비는 매곡도서관의 3분의 1 정도였지만 그건 우리에게 그다지 중요하지 않았다. 그저 할 수 있는 일이 생겼다는 것에 감사했고, 심지어 서울 한복판에 곧 지어질 프로젝트라는 것이 마냥 기뻤다.

그러나 막상 프로젝트를 시작하고 보니, 엄밀히 말하면 시작하기도 전부터 일이 심상치 않음을 느꼈다. 아니나 다를까, 두 프로젝트를 가까스로 끝내고 나니 나는 어느새 싸움닭이 되어 있었고, 공공 건축, 특히 학교 건축 일에 지독한 염증을 느끼게 되었다.

어린 아기를 데리고 왕복 여섯 시간을 길에 뿌려가며 울산으로 회의하러 다녔던 매곡도서관 설계도 결코 쉽지는 않았다. 하지만 다목적강당 설계에 비하면 정말 꽃길이었다는 생각마저 들 정도로 교육청 프로젝트는 고난의 연속이었다. 특히 발주처

110

와의 관계가 어렵고도 힘들었다. 사실 '힘들었다'라는 표현만으로는 전혀 충분하지가 않다.

처음 교육청 프로젝트를 하게 되었다고, 평소 존경하는 협력업체 소장님께 말씀드렸을 때 늘 점잖으신 그분이 웃으며 차분히 말씀하셨다. "교육청이 우리나라에서 군대 다음으로 보수적인 집단이라고 하던데요……" 상명하복의 폐쇄적인 조직 문화로 유명한 군대와 비견되는 교육청이라니, 처음에는 의아했지만 실제로 프로젝트를 해보니 그분 말씀의 의미를 비로소 이해할 수 있었다. 교육청 일에는 도무지 이해할 수 없는 의사 결정 과정이 도처에 존재했다.

우선, 교육청 시설 주무관들은 건축가가 재료를 지정하는 것을 이해하지 못할 뿐더러 대놓고 막았다. 재료는 학교장이 미술 교사와 함께 결정하는 것이라고 했다. 그런데 사실 이것은 감독관인 시설 주무관이 재료 업체 선정에 개입하기 위한 명분에 불과해 보였다. 주무관은 어떤 기준으로 선택한 것인지 불명확한 업체들의 샘플 몇 개를 시공 단계일 때 학교로 가지고 가서 학교장에게 그중 하나를 고르도록 한다. 그러면 얼핏 보기엔 학교에서 업체를 결정한 것 같지만 실제로는 교육청 주무관이 자재 업체를 결정한 셈이다. 건축가가 재료와 제품을 구체적으로 지정하지 못하도록 한 제도는 그간 교육청 공사에 만연했던 청탁과 부패를 막기 위한 것인데, 실제로는 이런 식으로 악용되고 있었다. 나는 주무관이 싫어하든 말든, 건축가가 설계 과정에서 미리 재료와 제품을 결정해야 한다고 우겼다. 결국 학교에서 재료선정위원회를 열었는데, 주무관이 추천한 재료를 선정하지 않자 주무관은 나에게 기본도 모른다며 학교장 앞에서 심하게 면박을 주었다. 내가 고른 건 업계 최고 회사의 제품이었는데도 말이다. 분노가 걷잡을 수 없이 솟구쳐 말문이 막힌 순간이 한두 번이 아니었다. 그렇게 어렵게 모든 재료를 정했는데 시공 과정에 이르자 또 다른 회사 제품으로 바꾸려고 했다. 내가 그 회사의 제품이 시공된 건물에 직접 가서 확인한 후 바꾸지 않는 것이 낫겠다는 의견을 주니, 이번에는 내가 재료 회사로부터 로비를 받았다고 모함까지 했다.

그런 기막힌 일까지 겪었지만 그때까지는 어떻게든 감정을 다스리며 버텼다. 다목적강당들이 준공되면 언젠가 차분히 모든 걸 밝히리라 다짐하면서. 다행히 다소 놓친 부분은 있을지언정 그럭저럭 기대치에 가까운 결과물이 나왔다. 모든 재료를 상세하게 지정하고도 시공 과정에서 색상을 임의로 바꾸지 못하도록 컬러 출력한 투시도까지 설계 도면에 넣어 납품한 우리의 극성이 바탕이 되었으리라. 그리고 설계부터 시공에 이르는 동안 설계자를 신뢰해준 당시의 교장 선생님들과 설계안의 가치를 알아봐준 시공사 소장님들 덕 또한 컸다.

하지만 그렇게 위안을 받았던 것도 잠시, 어느 날 공문 하나를 전달받았다. 한 학교의 교직원과 학부모가 안전을 핑계 삼아 시공이 끝난 다목적강당의 내벽 하나를 설계를 완전히 바꿔서 재시공하고, 마음에 들지 않는 벽 색깔을 다른 색으로 바꿔달라며 교육청에 보낸 공문이었다. 그 글을 본 순간 분노와 허탈감에 일이 손에 잡히지 않았다. 정말이지 아무것도 할 수가 없었다. 시설과 주무관을 비롯하여 학교장과 학부모는 정말 모르는 걸까? 건축가도 전문가라는 엄연한 사실을?

　　나는 다른 분야의 전문가에 대해 잘 모른다. 그들이 가진 지식은 물론이고 전문가가 되기까지 얼마나 어렵고 힘든 과정을 거쳤는지도 모른다. 하지만 적어도 내가 공부하지 않은 분야의 전문가에게 그가 일하는 분야에 대한 의견을 개진할 때는 조심스럽게 예의를 갖추어야 한다는 것 정도는 알고 있다. 그런데 어이없게도 건축가에게는 아무도 그런 예의를 갖추지 않는다. 설계 과정에서 건축가가 고심하여 결정한 벽돌 색상이나 타일 모양, 또는 벽 색깔을 바꾸는 데 도대체가 아무런 거리낌이 없다. 10년이 넘은 건축 실무 경험이 있는 나도 샘플 벽돌 몇 장으로는 시공되었을 때의 느낌을 제대로 판단하지 못할 것 같아서 그 벽돌이 시공된 현장을 몇 군데나 직접 방문해서 어렵게 벽돌 색상을 결정했다. 벽에 칠할 페인트 색상을 정할 때는 건축가가 되기 전 10년이나 미술공부를 했음에도 내 눈이 착각할까 의심스러워 컬러칩을 벽면에 들이대고 직원과 함께 고민해서 겨우 골랐다. 전문가인 나도 그렇게 힘들게 노력하고 또 고민해서 결정한 설계인데, 다들 어쩌면 이렇게 간단히 무시할 수 있을까? 교육청 건물은 하도 많이 해서 자기가 최고 전문가라고 말하는 교육청 공무원이나, 모든 재료는 건물의 주인인 학교장이 미술 교사와 함께 샘플을 보고 결정해야 한다는 교육청의 관행, 그리고 그런 관행에 익숙해져서 직접 고르지 않은 재료는 마뜩해 하지 않는 학교장, 또 시공된 벽 디자인과 색깔이 마음에 안 든다며 바꿔달라는 학부모, 정말이지 기가 막힌 조합이다.

처음엔 이렇게 전문가의 의견은 무시하고 마음대로 할 거라면 대체 왜 전문가에게 설계를 맡기나 싶어서 화가 났다. 그런데 곰곰이 생각해보니 어쩌면 이 방식이야말로 그동안 교육청이 바라는 구조였구나 싶다. 세금으로 짓는 교육 시설인데도 사용자의 취향을 반영한다며 중간에서 자기네 마음대로 설계를 좌지우지하고 건축가는 도장만 찍게 만드는 시스템. 그동안 지어진 학교 건축이 후진 이유는 단순히 교도소보다 시공비가 적어서가 아니었다. 설계와 시공 과정에서 전문가를 배제하는 폐쇄적인 시스템이 진짜 이유였고, 비전문가들이 어수룩하게 선택한 재료로 짓다 보니 조잡한 수준을 벗어나지 못했던 것이다.

그러나 앞으로는 학교 건축도 나아질 것이란 희망이 조금씩 싹트고 있다. 그동안 교육청 건축의 설계 용역은 일부 설계사무소들이 독점해온 폐쇄적인 시장이었다. 하지만 이제 서울시 교육청을 필두로 소규모 설계 용역까지 일반 설계 공모를 통해 설계자를 선정하기 시작했고, 실력 있는 건축가들이 그 시장에 진입하고 있다. 우리는 그 첫 번째 세대였다. 비록 우리는 듣도 보도 못한 교육청의 업무 구조나 관행에 이의를 제기하느라 좌충우돌하며 힘들게 일했지만, 여러 사람의 노력으로 교육청도 학교 건축도 조금씩 나은 방향으로 움직이고 있는 것 같다. 이 글을 페이스북에 처음 올렸을 때 여러 사람들이 놀라고 격분했다. 많은 사람에게 읽히다 보니 교육청에서도 알게 되었고, 그 바람에 나는 뜻하지 않은 곤혹을 치러야 했다. 그러나 결과적으로는 교육청이 변화하는 데 기여한 작은 불쏘시개가 되었을 것이다.

험난한 과정 끝에 완성한
압구정초등학교 다목적강당 (사진: 노경)

아이디얼,
'을'의 투쟁사

전보림

나는 옳고 그름을 곧잘 따지는 편이다. 하지만 그렇다고 싸우는 걸 좋아하진 않는다. 하긴 싸우는 걸 정말로 좋아하는 사람이 어디 있으랴. 누구나 남들에게 인품 있는, 적어도 성격 좋은 사람으로 보이고 싶은 법이다. 그런데 아이디얼 건축사사무소를 개소한 이래 지난 몇 년을 돌이켜보면, 그야말로 투쟁사라고 불러야 할 만큼 나는 정말 많이 싸웠다. 다만 그 싸움은 특정한 사람을 상대로 한 것이 아닌 시스템, 혹은 부조리함을 상대로 한 싸움이었다.

나는 공공 건축 설계를 하면서 불합리한 일을 겪으면 반드시 따진다. 사실 '갑'인 공무원을 상대로 '을'이 얼마나 드세게 따지겠냐마는, 적어도 내가 할 수 있는 한 최선을 다해서 항의한다. 매곡도서관 설계 계약을 하면서 이른바 '수의시담'을 당할 때였다. 공공 건축 설계 공모전에 당선된 경우 설계자는 정부·공공 기관과 수의계약 형식으로 계약을 하는데, 이미 공고된 설계비를 부당하게 깎아서 계약하는 관행을 수의시담이라고 한다(이제는 법으로 금지되었다. 하지만 아직도 수의시담을 요구하는 공공 기관이 있다고 한다). 재정과 공무원을 상대로, '왜 가격 조정을 해야 하는 것이냐, 공고된 금액대로 주는 게 무슨 문제가 있는 것이냐' 하면서 며칠을 통화하고, 이메일을 보내고, 주변에 물어보고, 수의시담을 하지 않은 프로젝트 사례까지 수집해서 보냈다. 심지어는 9개월 된 막내를 데리고 혼자 울산으로 내려가 재정과 공무원들을 상대로 중급 설계와 고급 설계의 차이를 프레젠테이션하기까지 했다. 우리는 실제 책정된 설계비보다 높은 수준의 설계를 하는 사무실이며, 이만큼의 도면을 더 그리고, 그로 인해 건축물의 수준이 얼마가 더 나아질 수 있는지를 설명했다. 재정과와 건축과 담당 공무원들은 영혼 없는 표정으로 듣고 나서, 그래도 안 된다는 말을 되풀이했다. 하긴 아이를 품에 안고 길을 나서는 나에게 승환 소장도 말했었다. "너무 기대하지는 말아." 그래, 뭐 실낱같은 희망도 없었다면 거짓말이겠지만, 십중팔구는 안 될 거라고 생각하고 있었다. 그래도 나는 나중에라도 공무원들이 기억해주길 바랐다. 우리가 정말로 기존의 건축물과는 다른 수준의 건축물을 만들고 나면, 그때는 나의 이 호소를 기억해주지 않을까. '아, 예전에 그 아줌마 건축사가 애 데리고 와서 했던 말이 일리가 있었구나' 하고.

　　교육청과 계약할 때도 수의시담으로 교육청 공무원들과 실랑이를 벌였다. 그때는 정말 어이없게도 설계비를 13퍼센트나 깎아서 공고 금액의 87퍼센트로 계약을 하자고 했다. 나는 그 자리에서 따졌다. "설계 공모에 의해 당선이나 입선을 하면 공모

재료 선정에 어려움이 많았던
언북중학교 다목적강당 (사진: 노경)

에 들어간 비용을 보상해주도록 법이 규정하고 있습니다. 그런데 입찰해서 낙찰 받은 업체랑 똑같은 금액으로 깎아서 계약하면 공모에 들어간 비용을 보상받지 못하는 것이 아닙니까!" 그랬더니 교육청 공무원들의 특기인 본청과 지청 간의 공 넘기기가 시작됐다. 지청에서는 본청에 이야기하라고 하고 본청에서는 지청의 소관이라고 했다. 옆에서 보고 있던 승환 소장이 또 말렸다. 어차피 해봤자 안 될 텐데 너무 힘 빼지 말라고. 그래도 나는 그냥 넘어갈 수 없었다. "우리마저 그냥 넘어가면 공무원들은 이게 문제라고 생각하지도 않을 거야. 뭔가 잘못된 게 있으면 이건 잘못된 거라고 이야기해야 돼. 안 그러면 아무것도 안 바뀌어. 이건 우리만의 문제가 아니야. 우리 다음에 일할 건축가들을 위해서도 우리에겐 책임이 있어."

사실 갑의 위치에 있는 공무원들이 우리처럼 힘없는 을의 의견을 받아들이는 경우는 거의 없을 것이다. 공무원 역시 굳이 갑질을 하려고 해서가 아니라 공무원 사회의 분위기가 그렇기 때문에 그런 것 같기는 하다. 감사가 두려워 전례가 없는 일은 시도조차 하지 않으려다 보니 결국 웅덩이의 개구리 알처럼 그 자리에서 옴짝달싹하지 않는 형국이 되고 만다.

교육청 일을 할 때는 건물에 사용하는 재료를 지정하려다 그걸 이해하지 못할 뿐더러 매우 싫어하는 교육청 시설과 공무원들과 신경전을 벌여야 했다. 결국 언성이 높아졌고 한바탕 난리를 쳐야 했다. 그렇다고 물러설 수는 없어서 학교와 교육청에 재료 샘플을 들고 오가며 회의록에 사인을 받아 납품 도서에 첨부했다. 재료 하나라도 엉뚱한 게 들어가면 건물 전체 분위기가 완전히 망가질 수 있으니 포기할 수 없었다.

　　도서관 설계를 제출하고 나서도, 다목적강당 설계를 끝내고 나서도 감리를 하기 위해 무진장 노력했다. 여기저기 이메일 쓰고, 전화하고……. 하지만 그렇게 간절히 노력했음에도 결국 어떤 건물도 감리를 할 수 없었다. 만약 우리가 감리를 했다면, 보통의 감리 업무보다 훨씬 더 많은 일을 해서 결과적으로는 사무실 운영에 마이너스가 되었겠지만 말이다. 그래도 우리가 설계한 건물이 지어지는 과정에 참여하지 못한다는 것은 너무나 슬픈 일이었다. 자신이 낳은 아이가 어떻게 자라는지 보지 못하는 것과 비슷한 상황인 것이다. 그래도 다행히 우리가 설계한 공공 건축들은 그 열악한 상황에서도 다른 공공 건축과는 차별성 있게 완성되었다. 도면을 많이 그렸고, 자재 사양을 상세하게 넣었기 때문이 아닐까 생각한다. 특히 다목적강당들은 교육청에서 발주한 여느 학교 건축과는 완연히 다른 수준의 결과물이라고 자평하고 있다.

　　이렇게 돌아보니, 싸우기는 엄청 싸웠는데 이긴 건 하나도 없는 것 같다. 공무원을 상대로 이길 생각을 하다니, 꿈도 야무지다고 해야 하나. 사실 이길 생각으로 싸웠던 건 아니다. 그저 불합리한 제도나 요구, 상황에 대해 이견 하나 제시하지 않고 그 냥 얌전히 승복하기 싫었을 뿐이다. 나는 아직 젊으니까, 그리고 정작 앞에서는 아무 말 안 하다가 나중에 불만을 이야기하는 것이 더 우스울 테니까, 아닌 건 아니라고 처음부터 말해야 모 양이 빠지지 않는다고 생각했다. 무엇보다 내 뒤에는 곧 이 길에 들어설 젊은 후배 건축가들이 있지 않은가. 먼저 이 길을 간 사 람으로서 부끄럽지 않은 선배가 되고 싶다.

공공 건축,
어디에 지을 것인가

전보림

공공 건축은 알고 보면 우리 삶의 수준과 곧바로 연결되어 있다. 때문에 공공 건축물이 제대로 지어지는지 아닌지를 항상 두 눈 부릅뜨고 지켜봐야 한다. 잘하는 일은 칭찬하고 못하는 일은 비판해야 하는 것이다. 공공 기관들도 알고 보면 민원에 꽤나 신경을 쓰기 때문에 그런 관심과 행동이 제법 효과가 있다. 그런데 안타깝게도 우리나라는 아직 복지 수준이 충분치 못해서인지 공공 건축물이 생기기만해도 그저 감사하게 여기는 경향이 있다. 불만을 이야기한들 뭐가 달라지겠냐는 패배주의 또한 없지 않다. 소박한 마음이 나쁜 건 아니지만 이렇게 되면 공공 건축의 수준이 언제까지고 발전 없이 머무를 수도 있다. 특히 공공 건축물의 위치에 관한 문제는 건축에 대한 전문 지식이 없어도 누구나 관심을 가지고 한마디 할 수 있는 내용이다. 건물을 실제로 이용하는 사람만큼 이 주제에서 발언권을 가진 이가 어디 있겠는가. 공공 건축을 어디에 짓느냐의 문제는 알고 보면 공공 건축의 공공성에 가장 큰 영향을 주는 핵심 요소이기도 하다.

오래된 행정 청사가 낡고 비좁다는 이유로, 원래 있던 자리를 떠나 땅값이 상대적으로 저렴한 외곽에 새 건물을 지어 옮겨

가는 일은 그동안 너무나 흔하게 있어 왔다. 여기에 이의를 제기하는 사람은 거의 없었고, 나 역시 그런 신축 이전이 딱히 문제라고 느끼지 않았다. 밀도가 높은 도시는 분산시키는 것이 좋다고 생각했기 때문이다. 내가 지금 살고 있는 안양의 평촌 또한 그런 식으로 구도심에서 이사 온 새 시청사 주변에 만들어진 동네다. 시는 꾸불꾸불한 옛 도시 조직을 가진 구도심과 자로 그은 듯 규칙적인 길 사이로 아파트가 빼곡한 신도심으로 나눠졌지만, 그냥 성격이 다른 동네가 하나 더 생겼을 뿐 별문제가 아닌 것처럼 보였다.

그러나 얼마 전 대구시청사 이전에 대한 신문기사를 읽고 나니 어디든 사람이 넘쳐나는 수도권과 달리 인구 감소를 걱정하는 지방 도시는 상황이 다를 수도 있겠다 싶었다. 안 그래도 사람이 줄어 고민인데 행정 청사마저 외곽으로 이사를 나가면 상권이든 기반 시설이든 사람이 모여 있기에 존재했던 도시의 매력이 확 줄어들 수밖에 없지 않겠는가. 일단 그렇게 도시가 비기 시작하면 아무리 세금을 쏟아부어 정비를 해도 도심의 활기가 돌아오지 않아 골치라고 하니, 실제로는 꽤 심각한 문제인 것이다.

사실 공공 건축에서 '어디에 있느냐'는 가장 중요한 문제다. 이용자를 배려한 똑똑한 설계나 성실한 시공 모두 중요한 요소임은 분명하지만, 위치만큼 시민의 편의를 크게 좌우하는 요소는 또 없기 때문이다. 지하철역에서 가깝거나 코앞에 여러 노선의 버스가 서는 정류장이 있는 등 소위 '높은 접근성'은, 공공 건축이라면 당연히 기본으로 갖추어야 할 미덕이다.

　그런 면에서 지금의 공공 건축 제도는 허술하다 못해 좀 이상하다. 건축물 자체는 무장애 공간으로 설계해야 한다며 2센티미터의 턱도 만들지 못하게 하면서, 정작 그 건물이 세워지는 부지의 접근성에 대한 기준은 전혀 없다. 이용하는 사람이 찾아오기에 얼마나 편한지에 대한 평가나 그에 대한 타당성 검증 절차가 전혀 없는 것이다. 지자체는 적은 돈으로 매입할 수 있는 저렴한 땅을 우선적으로 찾게 되고, 그러다 보면 다니는 버스 노선 하나 없는 외진 곳에 공공 건축물만 덩그러니 지어지곤 한다. 먼 곳에서 예를 찾을 필요도 없다. 당장 우리 사무실에서 설계한 울산의 매곡도서관이 그렇게 보도조차 없는 막다른 천변 길을 한참 걸어 들어가야 나오는 외진 곳에 지어졌다. 그런 도서관의 실시 설계를 하면서, 모든 바닥의 높이 차이를 없애고 폭을 넓히느라 낑낑거리고 있자니 기분이 묘했다. 공모전에 당선되어 설계를 하기는 했지만, 도서관이 있어야 할 곳은 이곳이 아니라 저기 기차역 앞이나 버스가 자주 다니는 정류장 앞이어야 할 것 같았다. 시민들이 오가면서 언제든 부담 없이 들를 수 있는 장소에 자리 잡는 것이야말로 공공 건축에서 가장 우선적으로 고려해야 할 부분이 아니냔 말이다.

　행정 청사의 신축 이전도 그렇다. 이사할 만한 넓고 비어 있는 땅을 찾다 보면 아무래도 땅값이 싼 외곽으로 눈을 돌리게 마련이고, 그렇게 되면 원래 청사가 있던 자리보다 대중교통의 접근성이 떨어지기 마련이다. 새로운 청사 앞에 새로운 버스 노선이 생긴다 해도, 이전의 자리보다 더 편리할 수는 없다. 또한 오랫동안 머물렀던 옛 장소를 기억하고 찾아온 시민들에게 불편함을 줄 수도 있을 것이다. 무엇보다 20여 년이 넘는 긴 시간 동안 행정 청사가 도시에 자리 잡고 있었다면, 그 건물이 온전히 홀로 존재해 왔을까? 분명 그 건물로 인한 생태계가 주변 도시 조직에 자리 잡았을 것이다. 그걸 단순히 '상권'이라는 말로 표현하는 것은 저급한 사고방식이다. 사람들의 삶은 단순히 장사가 잘 되느냐 안 되느냐로 판단할 수 있는 것이 아니다. 도시 재생을 심각하게 이야기하는 시대에, 유기체와 같은 도시의 중심에서 생명의 근원인 공공 건축물을 들어낼 생각을 하는 상황을 나는 이제 이해할 수 없다. 마치 잘 돌아가는 심장을 들어내고 인공 심장을 만들어 넣겠다는 것과 다르지 않아 보인다.

사실 분명하게 드러나지는 않지만, 이런 종류의 사업에는 고약한 일이 뒤따르게 마련이다. 옮겨 가는 곳의 땅값을 올려서 이득을 챙기려는 투기 세력이 끼어들어 로비를 할 수도 있는 것이다. 시민들이 가기 불편한 곳에 새 청사를 넓게 짓는 것이 대체 누구를 위한 일인지 지금이라도 다시 생각해야 한다. 시청은 공무원을 위한 집이 아니라 시민을 위한 시설이기 때문이다.

공공 건축물은 반드시 접근성이 좋은 곳에 짓고 또 현재 위치보다 접근성이 나쁜 곳으로는 이사를 가지 못하도록 해야 한다. 사업을 기획하는 단계부터 부지의 접근성을 등급으로 매겨 꼼꼼하게 따지고 검증받는 제도가 반드시 필요하다. 이제껏 도시 계획을 할 때 행정 청사나 도서관 등의 공공 건축 부지는 주요 도로나 역에서 먼 외곽으로 밀어 넣고 접근성이 좋은 부지는 민간에게 분양해서 이득을 챙기는 경우가 많았는데, 앞으로 이런 일은 시민들이 용서하지 않아야 한다. 접근성이 얼마나 중요한지는 서울 곳곳에 이미 지어진 공공 건축물만 봐도 알 수 있다. 국립중앙도서관, 예술의전당, 국립극장이 과연 적절한 장소에 있다고 말할 수 있을까? 그곳에 가려면 지하철역에서 내려 한여름엔 혓바닥 넥타이가 생길 정도로 가파른 언덕을 오르고 바다와 같은 차도를 건너 한참을 걸어야만 한다. 이토록 불편한 곳에 자리 잡은 것은 대체 누구를 위해, 누가 내린 결정이었을까. 만약 이런 건축물들이 지금의 위치가 아닌 접근성 좋은 서울의 심장부, 예를 들면 광화문 광장이나 청계천 인근, 혹은 강남역 근처에 자리 잡았다면 서울 시민들의 삶의 풍경이 얼마나 근사하게 달라졌을까. 서울처럼 사람과 교통수단이 넘쳐나는 도시에서조차 공공 건축물의 입지는 이토록 예민하고 중차대하거늘 하물며 지방 도시는 오죽하랴. 중심부에 더 만들어도 모자랄 판에 중심부에 있는 걸 들어낸다고?

세금 아끼겠다고 부지 매입 비용을 아끼려는 건 어리석기 짝이 없는 결정이다. 접근성 좋은 부지를 매입하는 데 들이는 돈은 공익의 관점에서 볼 때 절대 헛되이 쓰는 돈이 아니다. 어차피 세금을 들여 공공 건축을 짓는 것이니, 당연히 더 많은 사람이 편리하게 찾아올 수 있는 곳에 지어야 마땅하지 않은가? 그러니 이제 우리 국민도 그 일을 제대로 하는지 지켜보아야 한다. 그것이야말로 공공 건축물을 짓는 데 들어간 모든 돈을 한 푼이라도 더 값어치 있게 만드는 길이다.

공공 건축 복합화가
빼앗은 것들

이승환

세종시는 한국 역사상 최대 규모의 신도시다. 정확히는 외곽의 읍과 면을 제외한 행정중심복합도시가 그렇다. 줄여서 행복도시라고도 한다. 전례가 없던 규모의 계획이다 보니 우리나라 신도시가 지향하는 바를 극명하게 드러낸다고 할 만한 이곳은, 동시에 공공 분야의 여러 새로운 건축적 시도가 이루어지는 시험 무대이기도 하다.

사람들이 행복도시, 세종시에 대해서 어떻게 생각하는지 모르겠다. 아마도 방문하는 사람들의 시각과 거주하는 사람들의 입장 사이에 큰 차이가 있을 것이다. 세종시를 몇 번 방문하고 답사한 사람으로서 느낌을 말하자면, 현대적인 신도시임에는 틀림없지만 건축물 하나하나가 크기와 형태로 보행자를 압도하는 것 같았다. 친밀함을 느낄 만한 구석을 찾기 어려웠던 것이다. 세종시의 가로 블록은 기존 도시의 블록에 비해 압도적으로 크다. 물론 이는 세종시뿐 아니라 최근 지어지는 신도시의 공통적인 특징이다.

보통 도시 설계의 중요한 결정들은 지구 단위 계획에서 만들어지는 것으로 아는데, 근본적으로 따지고 보면 땅을 팔고 주택을 공급하는 방식이 도시의 기본 얼개를 만든다고 보아야 할 것이다. 이런 일을 위해 존재하는 한국토지주택공사(LH)가 땅을 크게 잘라 파는 것을 선호하고 주택 공급의 대부분을 고밀도 공동 주택에 의존하는 한, 앞으로 우리나라 신도시의 모습이 크게 달라질 것 같지는 않다. 지구 단위 계획의 이런저런 지침은 이렇게 결정된 큰 틀에 디테일을 더할 뿐이다.

나의 의문은 도시가 이렇게 메가 스케일로 만들어진다고 해서 건축도 그걸 따라가야 하느냐는 것이다. 민간을 규제할 수 없다면 공공 건축만이라도 인간 중심의 스케일을 존중하는 방향으로 나아갈 법도 한데, 현실은 전혀 그렇지 않다. 작년 말에 발의되어 현재 국회에 계류 중인 〈공공건축특별법〉에는 공공 건축의 복합화, 대형화를 유도하는 조항이 들어가 있다. 법안은 그 근거로 재정 부담 경감, 토지 이용 효율화, 이용 편의성 제고를 들고 있는데, 이런 항목들만 보면 고개가 끄덕여질 수 있다.

세종시는 이런 흐름을 선도하기 위해 전국 지자체 최초로 모든 생활권에 각종 행정과 복지, 편의시설이 하나의 건물에 집약된 복합 커뮤니티센터가 들어선다. 실제로 사용자 평가를 실시해도 주민들의 만족도 또한 높게 나타난다. 그러나 곰곰이 생각해보면 이런 높은 만족도가 과연 '복합'에 대한 만족도인지, 아니면 모든 시설이 한꺼번에 충족되는 데서 오는 만족도인지 일반인이 구분할 수 있을까 하는 생각도 든다. 물론 도서관 간 김에 인

감증명서도 떼어 오고, 그러면서 옆집 아무개를 우연히 만나 이런저런 이야기를 나눌 수 있다는 소소한 이점이야 있을 것이다.

그러나 그와 같은 복합 커뮤니티센터의 거대함은 도시를 삶으로부터 떼어놓는 데 일조한다는 것이 나의 생각이다. 공공 시설이 한데 모임으로써 어떤 시너지 효과가 만들어진다면, 굳이 한 건물에 꾸역꾸역 몰아넣지 않고도 커뮤니티 가로를 만들거나 한 필지 안에 여러 개의 동을 만들고 임대 상업 시설과 섞어서 활기찬 거리를 만들 수도 있을 것이다. 건축가로서 아무래도 여러 용도가 복합된 건물을 설계하다 보면 공간의 아이덴티티를 어디서 찾아야 할지 감을 잡기 어려울 테고, 도서관이나 체육관처럼 독특한 콘셉트를 가진 개별 공간이 아닌, 여러 개의 중립적인 공간을 요구된 면적에 맞추어 배치하고 끝나게 될 가능성이 크다. 더구나 우리나라처럼 공공 건축을 시간에 쫓겨 허겁지겁 만들어내야만 하는 분위기에서는 더욱 그렇다.

제인 제이콥스(Jane Jacobs)는 도시 계획의 고전《미국 대도시의 죽음과 삶》에서 활기찬 도시를 만드는 네 가지 조건을 제시했다. (건물 내부가 아닌 도시 가로에) 여러 용도를 섞어 각기 다른 목적을 가진 사람을 한 장소에 있게 하고, 블록을 작게 만들어 모퉁이를 돌 기회를 자주 만들며, 햇수와 상태가 다른 다양한 건물을 섞고, 어떤 이유로든 사람들이 오밀조밀 집중되게 만드는 것이 그 조건들이다.

세종시는 우리나라 지방 도시 중에서 유일하게 인구가 증가하는 도시다. 그런데 도시는 아이러니하게도 텅 비어 있다. 사람들이 돌아다니지 않는 것은 갈 데가 없어서도 아니고, 도로가 좁아서도 아니다. 건물들이 필요 이상으로 복합화되고 대형화된 탓에 거리가 아니고 건물 내부에서 대부분의 시간을 보내기 때문이다. 집도, 상가도, 공공 시설도 모두 거대한 건물에 블록처럼 들어가 있다. 그렇게 해서 그러모은 외부 공간은 건축선 후퇴로, 공동 주택 조경으로, 관공서 앞 광장으로 아낌없이 쓰이고 있다. 그래서 걸어 다닐 공간은 너무나 많은데, 걷기가 싫다. 아기자기하고 흥미로운 것들이 많은 길은 오래 걸어도 지겹거나 힘들지 않다. 반면에 아무리 넓어도 볼 것이 없고, 찻길 맞은편으로 가려면 몇 분씩 신호등을 기다렸다가 광활한 차도를 꾸역꾸역 건너야 하는 길은 정말 걷기가 싫다. 건물과 도시 간 밀도의 불균형이 너무 심한 것이다. 이런 도시를 만든 사람들은 보행 친화 도시라는 개념을 거꾸로 배운 것이 아닌가 싶다. 아니면 일단 경제 논리로 만들어놓고 브랜딩이나 네이밍으로 면죄부를 주려고 하는 것이거나.

공공 건축은 올바른 정책이 있으면 민간의 반응을 기다릴 필요 없이 바로 시행할 수 있다는 장점이 있다. 이미 만들어진 도시 구조를 당장 바꿀 수 없다면, 공공 건축이 앞장서서 그 구조의 취약점을 보완하고 문제점을 중화시킬 수 있는 것이다. 나

두 도시 가로 구조의 비교:
서울시 강남구(왼쪽)와
세종시 2-2 생활권(오른쪽)

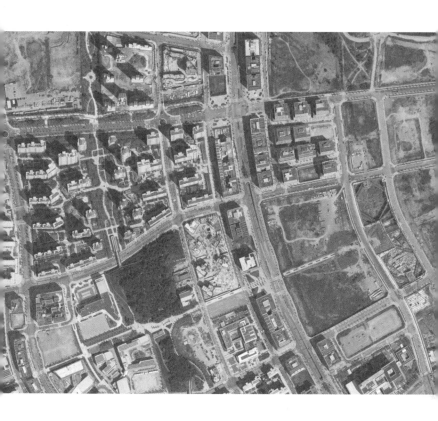

135

는 지금의 세종시가 좀 더 건물을 나누고 흩뿌려서 이런저런 골
목 이야기가 담긴, 걸어 다닐 맛이 나는 도시가 되었으면 좋겠다.
커뮤니티 시설의 복합화가 필요하다면 건물 안에 욱여넣으려고
애쓸 것이 아니라 가로에 펼치는 방식으로 한 단계 더 큰 도시
차원에서 복합화가 이루어질 수 있는 방법을 찾았으면 좋겠다.
적어도, 정부나 지자체가 나서서 공공 건축을 자꾸 거대하게 만
들고 아예 법안에도 못 박아 전국에 퍼지게끔 하는 우는 범하지
않았으면 좋겠다.

공공 건축,
이제는 달라져야 한다

전보림

개소한 지 4년이 된 시점에서 되돌아보니, 그동안 설계해서 지은 건축물 넷 중 셋이 공공 건축물이다. 일이 없어서 공모전을 통해 일을 찾은 것뿐이었는데, 어느새 이렇게 되었다. 사실 우리는 사무실 개소 전까지 공공 건축에 관한 경험도, 지식도 전혀 없었다. 건축 설계 일이 달라봤자 뭐 그리 다르랴 하면서 시작했는데, 막상 겪어보니 공공의 일은 민간의 일과 초점부터가 달랐고, 무엇보다 이해할 수 없는 불합리한 점들이 너무 많았다.

공공 건축을 할 때 겪게 되는 가장 큰 어려움은 무엇일까? 흔히들 공무원을 상대하는 일일 거라고 짐작할지도 모르겠다. 그러나 내가 경험한 바에 의하면 요즘 공무원들은 악명 높던 예전과는 많이 달라졌다. 건축 공무원들이 권위적이고 무능한데다 부패하기까지 해서 허가 서류를 받을 때 민원인으로부터 돈 봉투도 같이 받았다는 이야기는 그야말로 이제 옛날이야기다. 물론 지금도 어이없는 갑질을 하는 공무원이 전혀 없다고는 할 수 없지만, 몇몇 폐쇄적인 기관을 제외하면 그 비율은 현저히 줄어든 듯하다. 특히 지자체 등의 공공 기관에서 일하는 공무원들은 상당히 친절하고 청렴한 편이다. 실제로 공공 건축을 하면서 우리를 가장 힘들게 했던 것은 사람이 아니라 바로 시스템이었다. 공무원과 얼굴 붉힐 일이 있을 때도 역시 근본적인 원인은 시스템에 있었다.

계약서 없는 계약

가장 처음 맞닥뜨렸던 차이점은 계약 과정이었다. 나로서는 믿기지 않는 일이었지만, 공공 건축 설계 용역에는 제대로 된 계약서가 존재하지 않는다. 대부분의 행정이 전산화되었기 때문에 계약도 전자계약을 한다. 그 과정에서 만들어지는 〈용역 계약 체결 통보서〉를 계약서라고 부르는데, 거기에는 달랑 계약 주체와 용역명, 기간, 금액만 적혀 있을 뿐이다. 자세한 내용은 계약 시 첨부한 문서인 〈지방자치단체 입찰 및 계약 집행 기준〉에 있다고 하는데, 일반적인 용역을 기준으로 작성한 내용이라 건축 설계의 특수성을 전혀 반영하지 못한다. 건축 설계라는 일이 워낙 손대야 할 범위가 넓고 절차와 업무량이 많다 보니 업무 수행 중 생길지 모를 변수에 대응할 수 있게끔 필요한 내용을 담은 계약서는 그야말로 필수다. 손바닥만 한 개인 주택을 설계할 때도 계약서를 쓰는데, 공모전으로 설계자를 뽑을 정도로 규모 있는 공공 건축물을 설계하는 데 일반 사항이 적힌 계약서가 없다니 이게 과연 정상일까.

　사실 우리나라에도 국토교통부가 건축 설계 업무에 사용

하라고 만들어 고시한 〈건축물의 설계 표준 계약서〉라는 것이 있다. 업무 수행에 필요한 상호 간의 권리와 의무 등을 정한 것으로, 여기에서는 가장 자주 문제가 되는 대가의 조정, 계약의 양도 및 변경에 대한 기본적인 내용을 포함하고 있다. 국가에서 사용을 권장하며 만들어놓은 계약서를, 정작 국가를 당사자로 하는 계약에서는 사용하지 않는다. 왜 그럴까.

나는 그 이유가 국가는 공동의 이익을 대변한다는 미명하에 계약을 최대한 국가, 즉 발주처에 유리하게 만들려는 구조적인 갑질에 있다고 생각한다. 계약의 내용이 명확하고 상세해질수록 대놓고 갑과 을의 관계를 불공정하게 설정하기가 힘들어진다. 작업 과정에서 빈번하게 일어나는 용역 내용의 변경과 그 대가 지불에 대해서 발주처에 일방적으로 유리한 쪽으로 끌고 가기 어려워지기 때문이다. 그래서 계약을 할 때 과업 지시서와 같이 발주처의 요구 사항만 일방적으로 적어놓은 문서를 첨부할 뿐, 정식 계약서는 작성하지 않는다. 설계 변경의 기준과 대가에 대한 기본적인 내용조차 없는 계약 덕분에 그동안 공공 건축을 설계했던 건축가들의 무용담을 들어보면 실로 드라마틱하기 그지없다. 발주처의 요구나 심의에 의해 설계를 몇 번이나 뒤집고 바꾸고 다시 하고서도 설계 변경 비용을 한 푼도 받지 못하는 경우가 허다하다. 아무리 국가를 주체로 하는 계약이라 하더라도 용역을 하는 건축가 또한 국민의 한 사람이다. 공정한 계약서를 바탕으로 일을 해야 함은 기본적인 인권의 문제이기도 하다.

설계할 시간 없는 설계 기간

제대로 된 계약서가 없는 것도 문제지만, 제대로 된 설계를 할 수 없는 설계 기간 또한 문제다. 내가 처음 설계했던 공공 건축물인 구립 도서관의 규모는 700평(약 2,100제곱미터)이었는데, 설계 기간은 달랑 4개월이었다(1만 평이 넘어야 설계 기간이 6개월로 늘어난다. 덤으로 4만 평이 넘는 세종시 신청사의 설계 기간은 믿을 수 없게도 10개월이었다). 주어진 용역을 끝내려면 설계 공모에서 당선된 안을 바탕으로 계획 설계, 중간 설계, 실시 설계 이렇게 세 단계를 거치며 도면을 그린 다음, 예산에 딱 맞게 내역을 만들어야 한다. 그런데 아무리 당선된 계획안을 가지고 시작한다 해도 700평이나 되는 규모의 공공 건축물을 고작 4개월 안에 실시 설계까지 마무리하는 것이 과연 타당할까?

좀 더 따져보면, '설계'라는 작업에 쓸 수 있는 시간은 고작 2개월 반 남짓에 불과하다. 나머지 시간은 공사의 견적을 작성하고 사업 예산에 맞게 조정하는, 디자인과는 전혀 상관없는 고난스러운 업무에 써야 하기 때문이다. 그래서 도면은 용역 기간을 6주가량 남겨두고 완성해야 한다. 6주를 제외한 나머지 2개월 반의 시간이나마 온전히 다 설계에 쓸 수 있느냐면 그것도 아니다. 중간보고와 최종 보고도 해야 하고 중간 내역 작업도 해야 한다. 구조, 토목, 기계, 전기, 소방 등 협력 업체와 업무 조율도 해야 하는 데다 대관 업무, 각종 인증·심의 업무도 병행해야 한다. 그런데 이 모든 일을 다 해내야 하는 4개월 용역 기간의 화룡 정점은 바로, 그 기간이 사실은 공휴일 포함이란 점이다. 즉, 우리처럼 8월 말에 계약을 하면 추석과 연말연시를 포함한 4개월 동안 순수 업무일은 80일 정도에 불과하게 된다. 과연 이 기간이 수준 높은 건축 설계를 하면서도 최소한의 인간다운 삶을 영위할 수 있는 시간이라 할 수 있을까?

건축물은 건축가 혼자서 만들 수 있는 것이 아니다. 여러 분야의 전문가들과 협력해야만 비로소 완성된다. 그런데 그 협력이라는 것이 준비, 땅! 하고 여러 분야가 출발선에서 동시에 시작해서 함께 끝낼 수 있는 구조가 아니다. 일단 건축에서 기본적인 계획 도면을 완성해야 구조, 토목, 기계, 전기, 소방 등의 분야에서 설계를 시작할 수 있다. 각 분야의 설계가 진행되면 일부 분야의 설계를 조정해야 할 일이 생긴다. 구조가 설비를 제약하기도 하고 거꾸로 설비가 구조를 바꾸기도 한다. 그렇게 설계된 내용을 서로 수정해가면서 교차 확인하고 상충하는 부분은 없는지, 따라서 다시 수정해야 할 내용은 없는지, 실수는 없는지 확인한 다음, 보완해야 할 내용이 있으면 다시 각 분야로 보내서 수정한 내용을 받아야 한다. 그러니 여러 분야의 조율 업무는 끊임없는 핑퐁 게임을 통해 진행할 수밖에 없다. 그 와중에 발주처에서 설계 변경을 요구한다면? 그건 주어진 두 달이나마 온전히 건축 설계에 쓸 수 없다는 뜻이다. 게다가 너무나 당연한 사실이지만 협력 업체들도 모두 각자 사무실의 사정이란 것이 있다. 건축 설계에 비해 용역 범위나 비용이 적은 만큼, 여러 개의 프로젝트를 해야만 사업을 운용할 수 있는 구조이기 때문이다. 우리가 도면을 던져주기만을 턱 받치고 기다리다가 받자마자 다른 일 다 제쳐두고 바로 일을 시작할 수 있는 협력 업체는 이 세상 어디에도 없다.

현재 공공 건축을 위해 주어진 설계 기간은 정말 야박하기 짝이 없다. 딱 기본 도면과 허가에 필요한 계획도와 마감도, 그리고 최소한의 상세 도면만 그린 뒤 다른 분야 사람들을 어르고 달래면서 정신없는 핑퐁 게임을 해야 겨우 맞출 수 있는 그런 시간이다. 이런 상황에서 새로운 재료나 디테일은 고사하고 조금이라도 특별한 디자인을 하려고 하는 건 어지간한 성격과 열정을 가지지 않고서는 힘든 일이다. 한마디로 현재 공공 건축 설계 기간은 지극히 기본적인 수준의 도면에서 멈추지 않고서는 도저히 맞출 수 없는 시간이다.

건축가를 믿지 않는 제도

그뿐인가, 공공 건축의 형식적인 서류 작업은 그야말로 사람 진을 빼놓는다. 가장 힘든 일은 예상외로 도면 그리는 일이 아니라

142

지정 재료와 제품의 견적서를 받는 일이다. 물가 정보지에 나와 있는 흔해 빠진 재료를 사용하지 않는 한, 내역서에 업체 견적서를 첨부해야만 한다. 이 때문에 우리 사무실은 프로젝트마다 30여 개의 항목에 대한 견적서를 받아서 제출했다. 또 그 견적이 가장 저렴하다는 것을 증명하기 위한 비교 견적서까지 두 개씩 더 냈으니 견적서는 거의 90여 장에 이른다. 90장이든 190장이든 설계사무소에서 다 만들 수 있는 거라면 얼마나 좋을까. 업체에 일일이 전화해서 우리 설계에 필요한 사양과 물량, 건물명, 이메일 주소를 알려주고 부탁해서 받아야 하는 것이라 그 업무량이 징글징글하게 많다. 견적서를 만들어준 업체가 실제 시공에 참여할 가능성이라도 높으면 그나마 견적서를 부탁할 때 덜 미안할 테지만, 대부분의 경우는 그렇지도 못하다. 단지 공공 건축의 공사 내역에 들어간다는 이유로 제출해야 하는 가격 증빙서일 뿐이다. 대체 언제까지 이런 형식을 위한 형식을 갖추느라 설계자가 귀중한 시간과 에너지를 소진해야 하는 걸까.

우리나라의 공공 건축 설계 시스템에서는 설계자가 재료와 제품의 구체적인 사양과 제조사를 지정하지 못하도록 되어 있다. 설계자와 특정 업체 간의 결탁을 막기 위해서라고 한다. 그런데 사실 디자인 의도에 부합하는 특정 제품을 사용하는 것은 건물 디자인의 완성도뿐 아니라 품질과도 직결되는 문제다. 제대로 된 디자인을 하는 건축가치고 아무 재료, 아무 제품으로나 시공하도록 설계하는 사람은 없다. 세계적으로 유명한 건축가 중에는 조금이라도 더 흡족한 디자인을 위해 손잡이나 가구는 물론 소방 시설까지 주문해서 만드는 경우가 허다하다. 그 정도로 건축가의 디자인을 섬세한 부분까지 존중하는 문화와 비교해 볼 때, 설계자가 기성품 중에서 재료를 고를 권한조차 없는 한국 공공 건축이 세계적인 경쟁력을 갖출 날은 요원해 보일 뿐이다.

게다가 더 한심한 것은 업체와의 결탁을 막고자 하는 소기의 목표도 달성하지 못하고 있다는 것이다. 실제로는 재료와 제품을 선정하는 과정이 음성화되어 발주처와 감독관 등 디자인과 무관한 사람들의 손에 그 결정권이 주어진다. 디자인과 공정함 그 어느 것도 얻지 못하는데 도대체 무엇을 위한 제도인지 알 수가 없다.

지금이라도 설계자가 특정 업체를 지정해서는 안 된다는 통념은 수정되어야 한다. 재료와 제품 선정 과정의 권한과 책임을 전문가인 설계자에게 투명하게 위임해야 공공 건축의 수준이 올라갈 수 있다. 그뿐 아니다. 밤낮없이 열심히 설계한 공공 도서관에 싸구려 장난감을 뻥튀기한 것 같은 책 소독기가 놓이거나 80년대 스타일의 철제 책장이 놓여 있는 모습을 보면 너무나 속상하다. 공공 기관에서 필요한 가구나 물품은 반드시 조달청에서 운영하는 지정 쇼핑몰에서 구입하게 해놓고서는, 대체 그 쇼핑몰에서 파는 물건의 디자인 수준을 높이려는 제도적 노력은 왜 하지 않는가. 건축가의 디자인 능력을 건물 설계에만 쓰라는 법은 없다. 가구 선정이나 간판, 표지판 등의 사인 디자인(sign design)은 사실 건축 디자인의 일부다. 그런데도 현재는 설계 용역의 범위에서 빠져 있어 사무직 공무원이 가구를 고르고 사인 디자인을 결정하는 형편이다. 전문가인 건축가가 결정하면 같은 비용으로도 더 나은 디자인의 공공 건축을 할 수 있는데도 말이다.

싸게 짓는 것만이 목표인가

설계 기간이 짧고 잡무가 많은 것만이 문제가 아니다. 설계비도 공사비도 너무 쥐꼬리만 하다. 설계비는 설계 기간이 짧다는 구실로 적은 것 같은데, 사실 설계비보다 더 큰 문제는 공사비다. 용도에 따라 다소 차이가 있기는 하나 2018년 기준으로 공공 건축의 공사비는 대략 1평(3.3제곱미터)당 700만 원에서 최고 900만 원대까지 형성되어 있다. 민간 건축의 공사비와 비교하면 일견 충분해 보인다.

그러나 실상을 파고들면 전혀 그렇지 않다. 공공 건축의 공사비는 입찰과 낙찰 과정을 거치면서 깎일 것을 산정하고 책정한 '설계 예가(미리 정해 놓은 가격, 예정 가격)'이기 때문이다. 공공 건축에서는 가격 경쟁을 통해 업체를 선정하는 입찰 과정을 엄격히 거치도록 되어 있다. 그래서 견적을 내주는 업체에서는 공공 기관의 공사라고 하면 두 번의 낙찰을 거치면서 깎일 것을 감안한 가격의 견적서를 준다. 시공사가 낙찰을 받는 과정에서 한 번, 그리고 시공사가 각 공정별로 하도급을 주면서 한 번 더 낙찰률을 적용하기 때문이란다. 이렇게 건설 시장에는 깎일 것을 상정하고 부풀려놓은 가격인 '설계 예가'와 실제 시장에서 통용되는 가격인 '실행가'라는 두 가지 가격 시스템이 존재한다. 아니, 시공사든 업체든 어차피 받아야 할 돈은 어떻게든 받아낼 텐데, 가격을 깎는 시늉을 하느라고 부풀린 가격을 넣어야 하는 이 복잡한 상황은 대체 뭐란 말인가.

사실, 이 모든 시스템의 근저에는 가격을 깎는 과정을 만들어 세금을 절약한 것처럼 보이려는 전시 행정과, 싸게 하는 것이 곧 성과라는 저급한 평가 지표가 깔려 있다. 귀중한 세금이니 한 푼이라도 절약해야 하는 것은 맞다. 그러나 아무리 나라님이라도 시장가를 어길 방도는 없다. 이렇게 눈 가리고 아웅 하는 이중 가격 시스템을 적용한 공사 예산 때문에 2016년에 우리 사무실에서 설계한 구립 도서관은 평당 공사비가 600만 원이 넘었는데도 외부에 루버(louver)를 붙이고 나니 내부에 석고보드를 시공할 돈도 없었다. 평당 공사비가 800만 원이 넘는 지금이라고 다르겠는가. 인건비 기준이 오르고 물가가 오르고 에너지 절약을 위해 구비해야 하는 설비는 많아졌을 테니 상황은 크게 다르지 않을 것이다. 대체 언제까지 이런 시늉을 위한 시스템 속에서 공사비 부족으로 쩔쩔 매야 할 것인가.

아직도 존재가 목표?

건물이 제대로 서려면 골조나 토목 공사에 드는 비용은 줄이려야 줄일 수가 없다. 결국 아낄 수 있는 것은 마감재뿐이다. 세금 낭비를 막는답시고 딱 건물이 세워질 수 있는 정도의 금액으로만 예산이 책정되어 있는 데다 낙찰 제도로 중간에 금액이 깎이기까지 하니 품질 좋은 재료를 쓰는 것은 언감생심 꿈도 꿀 수 없다. 벽에는 시멘트 모르타르를 바르고 바닥에는 PVC 타일을 까는 등 최저가 재료를 사용해야만 맞출 수 있는 공사비를 주면서도 지자체에서는 명품 건축을 만들어달라고 여러 번 강조한다. 동대문에서 옷감 끊을 돈만 주고 아르마니를 만들어달라는 것이나 마찬가지다. 좋다, 목표를 높게 잡을 수는 있다. 그러면 공사비도 명품 흉내라도 낼 수 있을 만큼 올려야 한다. 예산이 너무 많아지면 낭비를 하지 않겠냐고? 그건 감시를 잘하면 된다. 100원짜리를 200원에 사야 낭비지, 200원짜리를 200원에 사는 건 낭비가 아니다. 100원짜리로도 건물을 지을 수 있는데 왜 200원짜리를 사서 짓느냐고? 그런 식으로 생각하면 대체 어느 천년에 우리나라에 수준 높은 공공 건축물이 세워지겠는가?

PVC 타일과 원목 마루의 품질은 다르다. 사용자가 느끼는 공간의 품격이나 내구성은 적정한 금액의 투입 없이는 절대로 얻을 수 없다. 내가 공공 건축의 공사비를 보면서 느끼는 또 하나의 안타까움이 여기에 있다. 조금만 더 예산이 있으면 사

↙ 빠듯한 예산에서도 꼭 지키고 싶었던
매곡도서관 어린이 열람실의 원목 마루
(사진: 전영호)

용자가 만지고 느끼고 보는 마감재를 좋은 것으로 쓸 수 있는데, 그 최종 단계에 쓸 돈이 모자라 전체 건물을 싸구려로 만들어버리고 만다. 세금을 가치 있게 쓰는 방법은 저렴한 건축물을 만드는 것이 아니라 오래도록 좋은 성능을 유지하는 가치 있는 건물을 만드는 것이다. 수많은 학자와 건축가들이 공공 건축의 공공성과 그 가치에 대해 이야기한다. 연구기관은 연구를 하고 그에 대한 보고서와 책을 내왔다. 그러나 정작 우리나라 정부가 공공 건축의 수준 향상을 위해 얼마의 설계 기간과 어떤 범위의 설계 도면과 어느 정도의 설계비와 건축비가 필요한지를 연구한 적이 있던가? 아직도 우리나라 공공 건축은 그저 존재 자체가 목표인가?

나는 우리나라의 공공 건축 시스템이 대체 무엇을 목표로 만들어진 것인지 진심으로 궁금하다. 제대로 된 시스템이라면 누가 설계를 하더라도 일정 수준 이상의 결과물을 만들어낼 수 있어야 한다. 그런데 지금의 공공 건축 시스템은 건축가에게 그저 최소의 시간과 최소의 공사비만 주고 있다. 이런 제도 아래서는 아무리 실력 있는 건축가라도 수준 높은 설계를 하는 것이 거의 불가능하다. 사실, 우리는 이 모든 '빨리빨리' 시스템과 쥐어짜는 예산의 진짜 이유를 알고 있다. 공공 건축 사업을 통해 단기간에 여러 성과를 내는 것이야말로 사업 발주 권한을 가진 지자체장과 정치인의 지상 목표이기 때문이다. 그래서 다들 다

른 지자체에서 시행한 비슷한 규모의 사업을 보고 그 용역 기간
과 예산을 그대로 가져다 쓴다. 설계 공모 지침서와 과업 지시서
를 복사하듯 사업 계획도 복사하는 것이다.

제도의 디테일

해마다 공무원들은 엄청난 세금을 써가며 해외 우수 공공 건
축을 답사한다. 그러나 공무원들의 안목과 공공 건축 수준이
직결되는 것도 아니고, 꼭 해외에 나가야만 안목을 얻을 수 있
는 것도 아니다. 오히려 해외의 수준 높은 공공 건축을 만드는
시스템을 연구하여 그 내용을 우리의 제도에 적용하는 것이야
말로 공공 건축의 수준 향상에 직접적인 도움이 될 것이다. 반
갑게도 조달청에서 발주한 연구 용역 중에서 해외 공공 건축
제도에 대한 연구를 찾을 수 있었다. 〈공공 건축물 디자인 품
질 향상 방안 연구〉로, 영국의 DQI(Design Quality Indicator)란
제도를 참고하여 디자인 지표를 만든다는 것이 내용의 핵심이
다. 공공 건축물의 기획 및 설계 단계에서 디자인 전문가, 수요
기관, 사용자 등 다양한 주체가 참여해 여러 단계를 거친 정량
적 디자인을 검토함으로써 공공 건축물의 수준을 높이겠다는
것이다. 상명하달식의 공공 건축 발주 시스템이 굳어져 있는 우
리나라에서 표본으로 삼을 만한 내용이다. 그러나 그 연구 결과
에도 공공 건축의 설계비와 설계 기간에 대한 이야기는 쏙 빠져

있다. 아무리 좋은 제도라 해도 절대적으로 필요한 시간과 비용을 들이지 않는다면, 그야말로 시늉에 그칠 수밖에 없다. 대체 왜 선진국 공공 건축의 설계 기간과 설계비, 설계 용역의 범위, 디자인 의도 구현을 위한 장치, 공사비, 낙찰 제도의 운영과 같은 실질적인 사항에 대해 우리나라 제도와 구체적으로 비교하는 연구는 하지 않는가? 혹시 너무 사소한 디테일의 문제라 생각하는 걸까? 그러나 좋은 디테일 없이 좋은 건축물이 만들어질 수 없듯이, 좋은 공공 건축 제도는 그 디테일을 개선하지 않고는 결코 완성될 수 없다. '악마는 디테일에 있다'라는 영어 속담이 있다. 그 말이 여기서도 유효할 듯하다. '공공 건축 제도의 악마는 디테일에 있다'고.

공공 건축, 지속 가능한 영역인가

우리는 공공 건축의 가치를 굳게 믿는다. 그러나 우리는 공공 건축만을 하는 건축가가 될 계획도, 자신도 없다. 무엇보다 공공 건축은 지속적으로 프로젝트를 얻기 힘들다. 공공 건축은 좋은 결과물을 만들었다고 해서 다음 기회가 쉽게 주어지지 않는다. 늘 새로운 공모전에 도전해서 당선되어야 한다. 그러나 다들 알다시피 공모전에는 실력만으로 당선될 수 없는 백만 가지 이유가 존재한다. 예전보다는 훨씬 공정해졌다고는 하나 여전히 반칙과 술수와 심사위원의 무능력이 난무하는 경우가 적지 않다.

당선이 된다고 해도 완성도 있는 결과물을 만들기 어려운 현재의 시스템 또한 공공 건축에 집중하려는 마음을 접게 만든다. 지금의 설계 기간, 설계비로는 대충 구색만 맞춘 뒤 정해진 시간에 납품하고 돈이나 챙기자는 유혹에 넘어가기 쉽다. 잘 만든다고 다음 기회가 보장되는 것도 아닌데 무엇을 위해 모든 노력을 쏟아붓겠는가. 그 와중에 발주처는 설계 도중, 혹은 설계가 끝난 뒤에도 임의로 설계 내용을 바꾼다. 건축가에 대한 존중이 없으니 그 능력이 발휘될 기회 또한 있을 리 없다. 완성도 높은 공공 건축물을 만든 건축가에게 인센티브를 주는 제도가 필요하다. 그렇지 않으면 당선에만 모든 것을 쏟아붓는 기형적인 설계 관행은 쉬이 사라지지 않을 것이고, 실력 있는 건축가들은 조금씩 이 시장을 떠나게 될 것이다.

　건축가에게 공공 건축은 분명 보람 있는 작업이다. 그러나 언제까지 악바리 같은 젊은 건축가들의 희생으로 탄생한 결과물만 보고 그래도 공공 건축이 나아졌다는 거짓 위안에 안주할 것인가. 이제는 어떻게 하면 더 싸고 효율적으로 지을 것인가가 아닌, 어떻게 하면 더 좋은 공공 건축을 만들 수 있을 것인가에 대한 논의로 초점을 전환하고 시스템을 개혁해야 할 시점이다. 우리는 공공 건축에 대한 경험이 선배들만큼 많지 않다. 그러나 오히려 여러 번 겪으면 익숙해지고 무뎌질 수도 있기에 우리 같은 신참들이 이런 이야기를 해야 한다고 나는 믿고 있다. 그리고 건

축가여서가 아니라 그저 국민의 한 사람으로서 공공 건축의 수
준이 높아지기를 누구보다 바라고 있기에, 앞으로도 공공 건축
시스템의 개선을 위해서 내가 할 수 있는 일을 다 할 생각이다.

3부

어쩔 수 없이
생존형 건축가

아이디얼
건축사사무소의 현실

전보림

우리나라에는 실력 있는 신인 건축가에게 정부 차원에서 주는
상이 두 개 있다. 하나는 문화체육관광부가 주관하는 '젊은건
축가상'이고, 또 하나는 국토교통부가 주관하는 '대한민국 신진
건축사대상'이다. 두 상 모두 실력 있는 신인 건축가를 발굴하
여 그 능력을 널리 알릴 기회를 줌으로써 그들이 지속적으로 성
장할 수 있는 계기를 마련하고자 만들어진 상이다. 젊은건축가
상은 민간단체가 주도했던 신인 건축상에 그 뿌리를 둔 상이어
서 정부 부처가 주관이 된 것은 2008년부터지만 실질적으로는
2003년부터 시작된 상이라고 볼 수 있다. 우리나라 건축의 양적
팽창 시기가 1980년대부터였고, 우수 건축물에 수여하는 '한국
건축문화대상'이 1990년대 초반에 생겼음을 생각하면 신인 건
축가에 대한 관심과 수상이 그보다도 10년이나 늦은 2003년이
라는 건 다소 아쉬운 일이긴 하다. 그래도 15년이 넘는 시간 동
안 젊은건축가상은 실력 있는 역대 수상자들로부터 비롯된 탄
탄한 인지도를 가진 상이 되었다. 그에 반해 신진건축사대상은
국토교통부가 문화체육관광부의 젊은건축가상 운영에 자극받
아 2013년부터 시작한 상이라 아직 인지도와 경쟁률이 상대적

으로 낮다.

우리는 2017년 봄에 매곡도서관이 준공되자마자 곧바로 출품해서 그해 신진건축사대상의 대상을 수상했다. 비교적 인지도가 낮은 상이라고 해도 우리로서는 분에 넘치는 일이었다. 게다가 이상하게도 그해에는 신진건축사대상에 대한 기사가 작정한 듯 많이 쏟아져서, 우리는 많은 격려와 축하 인사를 받았다. 우리나라에 건축물에 주는 상이 있다는 사실을 아는 사람이 과연 몇이나 될까 싶기는 하지만 말이다. 어쨌든 그해의 보도 양상은 우리로서는 참으로 다행스러운 일이었다. 국토교통부에서 신진건축사대상 수상자에 대한 보도자료를 각 언론사에 촘촘하게 뿌린 덕에 SNS를 하는 사람들 중에서 건축에 관심이 있는 사람과 그의 친구, 그리고 그 친구의 친구라는 그다지 넓지 않은 범위의 사람들에게라도 우리의 수상 기사가 전달되었으니까.

솔직히, 우리가 건축상에 지원해서 얻고자 했던 것도 바로 그것이었다. 건축가로서 우리의 존재를 알리는 일. 우리 딴에는 열정을 가지고 성실하게 건축 설계를 해왔고 또 하고 있는데, 개소한 지 2년이 넘도록 우리에게 설계 의뢰는커녕 설계를 문의하는 사람조차 없었다. 그래서 정말 지푸라기라도 잡아야 할 정도로 절실한 상황이었다. 그리고 우리가 생각해낼 수 있는 방법은 '건축상' 말고는 딱히 없었다.

그런데 축하 인사에 답을 하다보니 양심에 찔리는 상황이 생기고 말았다. 인사를 받으면 달리 뭐라 답변을 해야 할지 떠오르지 않아 '감사합니다. 열심히 하겠습니다'라고 했는데, 솔직히 당시 우리는 건축을 계속해야 할지 심각하게 고민 중이었기 때문이다. 건축상에 지원할 때만 해도 '어떻게든 계속 해야지'라는 마음이었지만, 수상 결과가 발표되기 한 달 전쯤부터는 정말 회의가 들었다.

생각해보면 계기는 여러 가지가 있었다. 오른팔 왼팔을 합친 것만큼 의지하고 좋아하던 정석 부소장이 규모가 큰 회사로 옮겨간 일도 있었고, 다른 업계에서 받는 대가 수준을 알게 된 것도 있었다. 작은 전원주택을 계획하고 있었는데, 주택을 짓는 데 필요한 여러 가지 일들, 즉 안전 진단이나 토목 설계, 토목 공사, 우물 파기 등을 하면서 받는 돈이 건축 설계의 대가보다 훨씬 많았던 것이다. 사실 다른 업계가 돈을 과하게 받는다고 할 수 없다. 건축 설계가 돈을 너무 적게 받는 것이다. 이제야 우리가 왜 1년에 적어도 하나씩은 공공 프로젝트에 당선되어 일을 하면서도 적자에서 벗어나지 못하는지 알 것 같았다. 우리는 어쩜 이렇게 셈이 느릴까.

우리가 밖에서 밥을 사 먹으면, 그 밥값에서 재료비와 인건비를 포함한 원가는 3분의 1이 채 되지 않는다. 반드시 안 되어야만 한다. 그래야 임대료와 다른 경비를 지출하고도 소득이 남아서 가게 운영하는 사람이 먹고살 수 있다. 그런데 건축 설계비

↙ 마주 보고 일하는 우리 부부와
사무실이 놀이터인 셋째 아이 (그림: 보림 소장)

는 그 법칙이 성립하지 않는다. 실제 프로젝트에 필요한 비용을 지출하고 나면, 사무소를 운영할 이윤이 너무나도 적게 남는다. 일단 협력 업체 용역비만도 3분의 1이니까. 그래서 우리처럼 간접비(임대료 등 제반 비용)도 적고 직원도 별로 없고 소장 월급도 코딱지만 한 설계사무소도 프로젝트를 하나 끝내고 나면 그 이윤으로 고작 서너 달을 버틸 수 있을 뿐이다. 그 말인즉슨, 프로젝트가 끝나면 바로 그다음 설계 공모를 시작해서 다시 당선이 되어야만 사무소 운영이 가능하다는 뜻이다. 그런데 설계 공모 당선은 그리 쉽게 되는 것이 아니지 않은가. 게다가 프로젝트를 하나 끝내고 나면 승환 소장도 나도 체력이 완전 바닥난다. 우리는 야근을 거의 안 하면서 일을 하는데도 그렇다. 하루 종일 일하고 나면 도저히 야근까지 할 체력이 남지 않는다. 물론 직원들에게 야근을 시킬 수도 없다. 가뜩이나 월급도 많지 않아 미안한 판이라 우리 사무소는 대체로 정시 퇴근이다. 그런데도 프로젝트 막판이 되면 각자 병원에 다니거나 물리 치료를 받아야 하고 약을 줄줄 달고 사는 지경이 되곤 한다. 당장 다른 프로젝트에 달려들어야 운영이 될 텐데 그런 엄두조차 내지 못한다.

사실 근본적인 문제는 받은 돈에 비해 일을 너무 많이 하는 우리의 업무 스타일에 있을지도 모른다. 나라에서 책정된 공공 건축의 설계비는 기존의 도면을 복사해서 허가만 내어주는 소위 '허가방' 설계사무소와 '작품'을 하는 설계사무소가 받아야 할 대가의 중간쯤 되므로, 우리는 어느 정도 선에서 일을 멈추어야 한다. 그런데 승환 소장도 나도 도무지 그게 잘 되지 않는다. 일을 하다 보면 너무 힘들어서 '이것쯤은 좀 대충하자'라는 분야가 생기곤 하는데, 그 분야가 서로 정확하게(!) 어긋나서 결국은 일을 다 하고 만다. 피곤하지만 어쩔 수 없다. 스스로 만족할 수 있는 결과물을 만들기 위해 자꾸만 무리를 하게 된다. 아마 우리뿐만 아니라 주변의 아틀리에 건축사사무소의 건축가들이 다 그럴 것이다. 누구 말마따나, '건축 설계하는 사람은 돈을 벌려고 일을 하는 것이 아니라 일을 하려고 돈을 버는 게 문제'인 것 같다. 그러니 돈은 벌리지 않고 일만 하게 된다.

정성스러우면서도 아름다운 설계로 지어진 건축물, 구석구석까지 허투루 뭉갠 곳 없이 세심하게 풀어낸 건축물이 태어나기 위해서는 실로 엄청난 양의 도면이 필요하다. 감리를 하지 못하는 상황에서는 더욱 그렇다. 그뿐인가. 제품 하나하나, 색상 하나하나까지 일일이 지정해야 한다. 웹 서핑을 하고 전화를 하고 샘플을 받아보고 견적을 받고 거기에 비교 견적서까지 받아야 한다. 납품 목록에도 없는 색채 계획도와 표지판 등의 사인 디자인의 계획도까지 그려야 완성도가 올라간다. 남들 눈에 괜찮게 보이는 건물을 설계한다는 것은 그런 것이다. 다른 업계에 비해 엄청나게 적은 월급을 받으면서도 야근에 주말 근무를 하는 설계사무소 직원들과 소장들의 피눈물이 그 속에 녹아 있다.

소장은 그래도 나중에 이름이라도 내걸 수 있다지만, 직원들에게는 그만한 보상이 있는가. 건축 설계에서 인력난이 심해지는 이유는 직원들에게 제대로 된 월급도 줄 수 없는 낮은 설계비 때문이다. 정말 미안하고 안타까운 일이다. 나는 최저 설계비를 정해야 한다고 주장하는데, 건축 설계를 해서 큰돈을 벌고 싶어서가 결코 아니다. 그저 직원들이 다른 업계로 떠나지 않을 만큼 평균 수준의 보상을 해주고, 내가 받는 최저임금 수준의 월급이나마 밀리지 않고 받고 싶기 때문이다. 즉, 일을 해서 받는 대가로 먹고살고 싶은 것뿐이다. 그런데 지금의 설계비로는 우리처럼 일하는 사무소는 도저히 먹고살 수가 없다. 정말 어떻게 해야 할지 모르겠다. 다들 어떻게 살아가고 있는 것일까.

건축
설계비 산정의 진실

이승환

동료 건축가들과 설계사무소 운영에 대해 이야기하다 보면 다들 설계비를 둘러싸고 이상과 현실의 괴리에서 고민한 경험을 토로하곤 한다. 그도 그럴 것이 설계비는 건축주의 심리적 기대치와 사무실의 지속 가능성, 경쟁 관계에 있는 주변 건축가들의 설계비 수준 등 여러 요소들이 서로 맞물린 복잡한 함수와도 같기 때문이다. 그리고 이러한 고민의 중심에는 객관적인 설계비 산정 기준에 대한 논란이 자리 잡고 있다.

일반적으로 설계비는 공사비를 기준으로 산정한다. 정부에서는 민간 설계비의 기준을 따로 제시하고 있지는 않지만 〈공공발주사업에 대한 건축사의 업무 범위와 대가 기준〉이라는 건축사법 행정규칙을 통해 공사비의 일정 비율을 공공 건축물의 설계비로 정해놓고 있다. 인터넷에서 건축사 업무 대가 산정을 검색하면 예전에 대한건축사협회에서 만들어놓은 계산식을 찾을 수 있는데 이것 역시 이 기준을 따른 것이다. 하지만 이러한 방식은 조금만 생각해보면 전혀 논리적이지 않다.

예를 들어 근린생활시설의 적정 공사비가 평당 500만 원이라 할 때, 평당 300만 원의 예산으로 건물을 짓고 싶어 하는 건

164

축주가 있다고 가정해보자. 우선 예산이 부족하니 건물의 규모를 줄이시라고 권하는 것이 상식적인 대응이겠지만, 그럴 경우 사업 자체가 성립하지 않는 경우가 많기 때문에 건축가는 어찌됐든 저예산에 맞추기로 하고 계약을 한다. 아무리 처음부터 설계를 단순하게 푼다 하더라도 건축주의 요구에 맞춰 기본적으로 해야 할 것을 전부 하다보면 공사비는 쉽게 예산을 초과하고, 이때부터 비용을 줄이기 위한 건축가의 험난한 여정이 시작된다. 하다못해 사소한 재료 하나하나 더 싼 제품은 없는지 찾기 위해 발품을 팔아야 한다. 길게 썼지만 한마디로 줄이면, 적정 공사비보다 적은 금액으로 건물을 짓기 위해서는 훨씬 더 많은 노력이 필요하다는 것이다.

더욱 황당한 것은, 공공 건축을 발주하는 정부 또는 지자체가 이러한 모순점을 알고 악용한다는 점이다. 말하자면 사업 공고 시에 평균 공사비도 안 되는 예산을 책정해 놓고는 그 금액에 따라 설계비를 산정한 뒤 건축가가 도저히 예산에 못 맞추겠다고 하소연할 때 마치 선심 쓰듯이 예산을 늘려주는 수법이다. 건축가는 안도의 한숨을 내쉬지만 차분히 생각해보면 사기를 당한 기분이다. 왜냐하면 이런 식으로 늘려주는 예산의 열이면 열이 공사비만 늘려주고 설계비는 나 몰라라 하는 경우이기 때문이다. 처음부터 늘어난 금액으로 발주했다면 건축가도 그에 합당한 설계비를 받았을 텐데, 금액 맞추느라 고생은 고생대로 하고 설계비는 깎이는 식이니 말이다.

이에 대해 누구는 건축가의 과도한 설계 탓이라고 반박할지도 모르겠다. 그 말이 맞는 경우도 없지는 않다. 하지만 대개의 경우 공공사업의 예산은 전년도에 시행되었던 유사한 용도의 일반적인 사업을 기준으로 책정되기 때문에, 매년 강화되는 설계 기준과 사업의 특수성을 고려하면 건축가에게 주어지는 예산은 빠듯하기 마련이다. 현실은 그런데 지자체장들은 시행하는 사업마다 지역민들의 민원도 들어주어야 하고 임기 내에 뜻깊은 성과도 만들어야 하니 이런저런 주문을 해대기 일쑤다. 건축가들은 부족한 공사비와 설계비로 '작품'을 만들어내는 마법사라도 되어야 할 판이다.

그렇다면 건축 설계비는 어떤 기준으로 산정되어야 할까? 결론부터 말하자면 그 기준은 공사비가 아니라 프로젝트의 특성에 맞는 평균 맨아워(man-hour, 시간당 인력 비용)가 되어야 한다. 이른바 실비정액가산식이다. 다행스럽게도 2015년 한국건축정책학회에서 국내 설계사무소의 실태를 조사한 후 건축물의 종류별, 설계 단계별 맨아워를 계산해 놓은 〈건축주를 위한 알기 쉬운 건축 설계비 산정 가이드〉를 공개했다. 이 자료를 바탕으로 건축가들이 실제로 어떤 서비스를 제공할 수 있는지, 그리고 현실적인 건축 설계비는 어떻게 산정되어야 하는지 살펴보자.

설계비 산정 과정을 설명하기에 앞서 몇 가지 전제를 설명하면, 우선 건축가가 작성하는 설계도서의 수준은 '상급'으로 본다. 상급 설계도서란 공공 발주 사업의 설계비 산정에도 적용되는 구체적인 기준으로, 무엇보다 실시 설계 시 작성하는 각종 상세 도면을 포함한다는 점이 가장 큰 특징이다. 상세 도면이 없으면 시공사가 현장에서 임의대로 도면에 없는 부분을 시공하기 때문에 건축가의 의도가 제대로 반영되지 못한 저급한 결과물이 나올 가능성이 크며, 따라서 이런 경우는 따로 다루지 않으려고 한다. 또한 건축물의 종류 역시 민간 건축주의 수요가 집중되는 단독 주택과 다가구 및 다세대 주택, 그리고 근린생활시설로 한정한다.

건축 설계 업무는 크게 기획 설계, 계획 설계, 중간 설계, 실시 설계, 사후 설계 관리 업무 등 다섯 단계로 구분할 수 있다. 1단계 '기획 설계'는 어떤 건물을 어떤 규모로 지을지 결정하는 업무다. 사실 대다수 건축주들도 이 부분에 대해서만큼은 많은 고민을 한 후 건축가를 찾아오는 편이다. 이때 건축가는 여러 조건을 고려하여 건축주의 희망이 실현 가능한지 확인하는 작업을 하는데, 이를 규모 검토라고 한다. 계약 전에 대가 없이 해주는 것이라고 생각하는 건축주들이 많지만, 요즘은 그런 인식이 조금씩 바뀌고 있다. 2단계인 '계획 설계'는 설계안을 확정짓는 작업이다. 창작자로서 건축가의 역할이 가장 두드러지는 단계로, 건축주와 여러 차례 긴밀한 협의를 거치며 건축주가 원하는 공

┗ 한국건축정책학회에서 발표한
  <건축주를 위한 알기 쉬운 건축 설계비
  산정 가이드>의 한 페이지

실비정액가산식

1. 실비정액가산식의 개요

실비정액가산식은 설계 및 공사기간 중 투입된 실제 인원수와 시간에 따라 직접인건비와 직접경비,
제경비, 창작 및 기술료와 부가가치세를 합산하여 설계비를 산정하는 방식입니다.

2. 건축설계업무 분류체계

■ 건축설계업무 PROCESS

■ 표준 업무

업무 구분	성과품 리스트 및 내용	
	필수업무	선택업무
기획업무	현장조사서 건축주 요구사항 요약서(건축주협의포함) 유관기관 협의서(대관업무) 규모검토서	설계지침서 프로젝트 공정표 기존유사건물 조사비교 검토서 과업수행계획서(착수보고서) 타당성 조사보고서
계획설계업무	Revision 유관기관 협의서(대관업무) 건축주 협의 건축도면	공사비 개산서 법규검토서 건축계획보고서 모형 3D모델링(투시도/조감도)
중간설계업무	개략 시방서 정화조 용량 계산서 및 도면 건축주협의 건축도면 구조도면	공사비 개산서 건축계획 보고서 투시도 또는 조감도 법규 검토서
실시설계업무	공사시방서(표준/특기시방서) 정화조 용량 계산서 및 도면 건축도면 구조도면	각 공종별 공사비 내역서 설계 설명서 3D 모델링(투시도/조감도)
사후설계관리업무	설계도서 해석 및 자문 자재 장비 선정 및 변경검토보완	-

168

간을 구체적인 아이디어를 통해 하나씩 만들어가는 과정이다. 3단계인 '중간 설계'는 법적, 기술적인 내용들에 맞추어가며 인허가 절차를 진행하는 단계이고, 4단계 '실시 설계' 때는 공사를 위한 상세 도면을 작성하고 재료와 제품을 지정하는 작업이 이루어진다. 마지막 5단계인 '사후 설계 관리 업무'는 감리 여부와는 별개로 설계도서를 해석하고 자문하는 업무다. 이를 통해 건축가는 건축주가 시공자를 제대로 선택할 수 있도록 보조하고, 착공 후에는 시공자가 설계 의도를 제대로 이해할 수 있게끔 도우며, 시공 과정에서 발생하는 실수를 최소화할 수 있도록 현장과 협력한다. 이 작업은 감리 업무와 혼동될 수 있는데, 간단히 말하면 감리가 시공의 품질을 책임진다면 사후 설계 관리는 시공의 품격을 담당한다고 보면 된다. 종종 그 중요성이 간과되기 쉽기 때문에, 최근에는 설계 의도의 구현이라는 업무 영역으로 따로 분리해서 보려는 움직임이 있다.

　　일반적인 건축 설계 업무의 구성은 이렇지만, 그 상세한 내용은 다시 표준 업무와 선택 업무로 나뉜다. 특히 렌더링 투시도, 공사비 내역서, 시공사 내역서 검토 등의 중요한 선택 업무는 설계 과정에 많은 영향을 주기 때문에 설계비를 협의할 때 업무 내역에 포함시킬지 건축가와 건축주가 서로 충분히 의논해 결정해야 한다. 많은 건축주들이 건축 설계라는 서비스가 구체적으로 어떤 업무를 포함하는지 잘 모르는 경우가 많으므로, 우리 사무소의 경우 설계비 견적서에 위의 내용은 물론이고 인테리어 설계와 재료 제품 지정서 작성 등의 항목까지 포함시켜 우리의 업무 범위를 명확히 밝히고 있다.

규모와 용도, 그리고 업무 범위가 비슷한데도 실비정액가 산식에서 설계비의 차이를 만드는 요소가 있다면 바로 경사지와 지하층의 유무다. 어느 정도 완만한 경사라면 모르겠지만, 계단 몇 단으로 극복할 수 없을 만큼 높이 차이가 난다면 땅과 건물이 만나는 부분에 세심한 배려가 필요하다. 아예 한 층 이상의 차이라면 설계에서 이를 적극적으로 이용하지 않는 한 대개 답이 나오지 않는다. 우리 사무소에서 설계한 매곡도서관은 대지의 완만한 경사를 내부 공간으로 끌어들인 경우인데, 실제로 설계하면서 느낀 난이도는 평평한 건물의 몇 배 이상이었다. 지하층 또한 설계에 많은 시간을 쓰게 하는 요소인데, 토압을 견디는 옹벽 구조와 습기를 막기 위한 공간 벽, 그리고 환기를 위한 드라이에어리어 등 지하층만을 위해 신경 써서 만들어야 하는 것이 많기 때문이다. 한국건축정책학회의 자료에서는 경사지에 건물을 짓는 경우 표준 맨아워의 0.24배를, 지하층이 있는 경우 0.18배의 보정을 더하도록 명시하고 있다.

건물의 규모가 커지거나, 대지가 속한 지구 또는 지역의 조건에 따라 업무량이 급격히 증가하는 경우도 있다. 연면적 500 제곱미터 이상의 신축 건물은 에너지 절약 계획서라는 것을 제출해야 하는데, 도면과 서류의 작업량이 만만치 않아 많은 설계사무소들이 부담스러워하는 업무다. 규모가 더 커지면 지역에 따라 녹색 건축 인증이나 에너지 효율 등급 등 각종 친환경 관련 인증이 기다리고 있다. 이런 업무들은 대개 외주로 맡기는데 건축주가 내야 하는 인증 수수료를 제하고도 기본 용역비만 1,000만 원을 훌쩍 뛰어넘는다. 또한 많은 사람이 이용하는 시설일 경우 건축 심의를 의무적으로 받도록 규정한 지자체도 상당수 존재한다. 경관 지구나 미관 지구에 지어지는 경우에는 경관 심의도 피해갈 수 없다. 한국건축정책학회의 자료에서는 이런 업무에 대해서 항목당 대략 0.03에서 0.06 사이의 보정계수를 설정하고 있는데, 실무를 하는 입장에서 피부로 느끼는 부담은 이보다 훨씬 더 크다.

업무 내용에 따라 맨아워가 산출되면 직접 인건비가 나오고, 이어서 직접 경비와 제경비(직접 경비에 포함되지 않는 비용, 간접 경비), 그리고 건축가가 수주를 위해 투입하는 시간과 비용에 대해 보상받을 수 있는 유일한 항목인 창작 및 기술료가 붙는다. 여기에 마지막으로 협력 분야 배수, 즉 구조, 기계, 전기, 소방, 토목, 조경 등 협력 업체 외주 비용을 더하면 최종적으로 설계비가 산출된다. 이를 다음과 같은 공식으로 정리할 수 있다.

설계비 = 직접 인건비 + 직접 경비 + 제경비 + 창작 및 기술료

실제 건축 설계비를 2019년 노임 단가를 적용해서 산출해 보면 다음과 같다(부가세 제외).

단독 주택(60평, 2층, 경사지): 4,200만 원
다가구 주택(200평, 3층, 평지): 6,000만 원
근린생활시설(300평, 지하 1층, 지상 3층, 평지, 건축심의):
1억 원

이 설계비가 많다고 느껴질까? 소위 지명도 없는 다수의 젊은 건축가들에게는 이러한 기준은 꿈의 설계비다. 단독 주택 60평에 4,000만 원이 넘는 설계비를 선뜻 받아들이는 건축주가 얼마나 될까? 하지만 이 금액은 설계사무소를 지속 가능하게 하는 최소의 비용이다. 더구나 그 기준이 되는 맨아워는 새로운 건축을 만들어내기 위해서는 턱없이 부족하다. 가구와 인테리어를 설계하고, 재료와 제품 하나하나 모델명까지 정확하게 지정하자면 더욱 그렇다. 그런데도 설계비 때문에 계약이 무산되어 일을 놓치느니, 손해를 보더라도 수주를 하려고 한다. 그렇게 해서 직업의 생명을 연장할지언정, 적어도 얼마를 받아야 건강한 삶이 가능한지는 알고 있어야 하지 않을까?

마이너스
경영자의 변명

이승환

2016년 말 당선되어 이듬해 초에 실시 설계를 끝내고 납품한 두 개의 다목적강당은 매곡도서관 이후 많은 설계 공모전 낙선 끝에 처음으로 맡은 프로젝트였다. 교육청 일은 처음이었기에, 다목적강당 실시 설계를 진행하면서 발주처로부터 최근에 납품된 유사한 프로젝트들의 납품 파일을 참고용으로 전달받았다(물론 비공식적으로, 보안을 전제로 한 것들이다). 그런데 교육청의 일을 자주 맡아서 했던 것으로 짐작되는 이 사무소의 도면은 좀 놀라운 데가 있었다. 디자인도 디자인이었지만 설계도서의 내용이 매우 적었기 때문이다. 예를 들어 단면도는 종, 횡을 합쳐 4개소를 넘는 경우가 거의 없었고, 부분 단면 상세도는 파라펫이나 지면과 닿는 부분을 제외하고는 거의 표현된 것이 없었다. 그뿐 아니라 건물의 디테일에서 가장 중요하다고 할 수 있는, 내외장재가 창호와 만나는 부분을 보여주는 창호 상세도는 창호 업체의 표준 디테일을 수정 없이 가져다 붙여놓았으며, 마찬가지로 무대나 고무 안전리브 등 체육관 고유의 아이템 또한 업체에서 제공한 상세를 편집 없이 쓰고 있었다.

　이를 좀 다른 관점에서 바라보자. 2016년 기준으로 교육청이 정한 1,000제곱미터가 조금 안 되는 학교 다목적강당 하나의 설계비는 부가세를 제외하고 6,000만 원 남짓이다. 규모가 크지 않으니 소장과 직원, 이렇게 두 명이 이 프로젝트를 진행한다고 가정하자. 한 달간 사무소 유지비에는 대충 보험료, 세금이 포함된 인건비 500만 원에 임대료 및 각종 부대비용 200만 원을 잡아 700만 원이 소요된다. 한 달 반 동안 설계 공모전을 준비하면서 사용한 비용은 최소로 잡는다고 해도 약 1,000만 원이 된다. 당선 후 실시 설계를 진행하면서 기계, 구조, 토목, 적산 등 협력 업체에 지출하는 비용이 약 1,500만 원가량이므로 결국 3,500만 원을 가지고 계약 기간 3개월 안에 프로젝트를 끝내야 하는 셈이다.

그런데 실제로 계약을 맺기 이전의 약 한 달 동안은 발주처 측과 사전 협의나 프로젝트를 진행하기 위한 정보 수집 및 계약 준비를 위해 소모하게 되고, 정식 계약 기간이 종료된 후에도 지속적으로 에너지 절약 계획서 작성이나 조달청의 수정 요청 사항 반영, 실제 납품할 설계 도면 및 서류 일체를 꾸리는 작업이 남기 때문에 현실적으로 최소 5개월 정도의 시간이 소요된다. 결국 모든 것이 계획대로 진행되어 프로젝트가 끝났을 때 사무실의 이윤은 0이 된다. 이윤이 0이라는 것은, 다음 프로젝트를 수주하기 위해서 리스크를 감당할 수 있는 여유가 전혀 없다는 의미다.

결국 이러한 구도에서 설계사무소의 선택지는 그리 많지 않다. 설계 공모전의 당선 확률을 높이기 위해 온갖 수단을 동원하고, 사람을 '갈아 넣는' 방법으로 업무량을 늘려 프로젝트 수행 기간을 줄이며, 위에서 잠깐 들여다본 업체처럼 설계의 퀄리티를 적당한 선에서 포기하는 것이다. 하지만 이런 식으로 운영하는 회사의 전망이 밝을 리 없다.

우리는 시작한 지 얼마 안 된 사무소라 재정이 마이너스가 되는 것도 아직은 당연하다고 생각했고, 우리의 기준에서 만족할 만한 작품을 만들어내는 것이 우선이라 믿었기에 각종 단면 상세도나 창호 상세도, 색채 계획도, 내부 투시도 등 그릴 수 있는 도면은 다 그려서 제출했다. 설계자가 재료를 지정하는 것에 동의하지 않는 이상한 발주처를 어르고 달래서 재료 제품 지정서를 꾸역꾸역 납품 서류에 끼워 넣었으며, 용역 범위에 있지도 않은 화장실 사인이나 실명 표기 계획까지 일일이 디자인하고 내역까지 받아서 금액 안에 포함시켰다. 우리가 건축 초년병 시절이었을 때의 어려움을 알기에 마감 직전이 아니라면 직원들이 야근이나 휴일 근무를 거의 하지 않게끔 배려하고도 결과물을 만들 수 있어서 참으로 다행스러운 일이었다. 우리의 능력이나 열정이 남달라서였을 수도 있고, 발주처에 도면이 넘어간 사이의 짬을 이용해 내역을 많이 건드리지 않는 선에서 설계의 퀄리티를 높이기 위해 노력했기 때문이었을 수도 있다.

그러나 과연 언제까지 이렇게 할 수 있을까? 늘어나는 재정 적자를 언제까지 감당할 수 있을까? 우리가 지은 건물이 사람들 눈에 띄기 시작하면 과연 상황이 달라질까? 무엇보다 우리만 이런 식으로 노력하는 것이 과연 업계 전체의 관점에서 볼 때 정당한 일일까? 사무소를 개소하고 정신없던 첫 두어 해를 넘기고 나니, 미래에 대한 불안감과 우리 위치에 대한 회의감은 점점 커지기만 한다.

그리고 무엇보다 발주처가, 나아가 이 사회가 요구하는 건축, 특히 공공 건축의 질과 우리가 만들어내고 싶은 건축의 질 사이에 큰 괴리가 있는 것이 아닌가 하는 의문이 든다. 도서관이든 다목적강당이든, 설계 공모전 초기에 여러 참고 자료를 모으는 과정에서 해외와 국내 공공 건축의 수준 차이를 뼈저리게 느꼈다. 이는 단순히 국가 경제력이나 규모의 문제가 아니다. 스페인이나 포르투갈, 멕시코가 우리나라보다 그렇게 잘사는 나라인가? 체육관 설계 공모를 준비하면서 육중한 콘크리트 와플 구조가 고측창 위에 떠 있는 느낌을 만들어보고자 했던 초기 의도가 실시 설계로 넘어가면서 '근본적으로' 불가능한 아이디어가 된 바탕에는 최저 비용으로 최소한의 기능을 수행하는 건물을 만드는 것에 익숙해진 우리나라 건축 문화의 척박함이 있다.

적어도 내가 아는 선에서 공공 건축이란 무상 제공이라는 전제하에 삶의 풍요로움을 가져다주는 것이다. 여기에서 말하는 풍요로움이란 필수적인 기능을 충족하는 것에서 나아가 그 사회가 앞으로 나아가도록 만드는 여분의 동력을 제공하는 것이다. 그러나 우리나라의 현실에서는 최소의 공사비와 최소의 설계비로 최단기간 안에 끝내야 하는 것이 바로 공공 건축이다. 더구나 그 최소의 설계비는 정상적인 방법으로는 설계사무소의 지속 가능성조차 보장해주지 않는다.

도대체 문제는 어디서 비롯되었을까? 공사비와 설계비가 이러하니 설계를 그것에 맞추어 하는 것인가, 아니면 어차피 그 것밖에 설계를 안 해오니 공사비와 설계비가 낮게 책정되는 것인가? 이런 관계가 너무 오랫동안 지속되었기 때문에, 이제 와서 누구의 책임인지를 묻는 것도 무의미할지 모른다. 정말로 중요한 것은 이런 악순환의 고리를 어떻게 벗어나느냐가 아닐까. 새로울 것 없는 주장이지만 공공 건축의 공사비와 설계비는 상향 조정되어야 하고, 그만큼 시공자와 설계자에게 더 정확하고 상세한 결과물을 요구해야 한다. 그리고 무엇보다 재료 제품 지정 절차나 감리자 선정 과정 등 건축물을 설계자의 의도에 따라 정확하게 만들 수 있도록 하는 제도적 절차를 보완해야 한다. 〈건축서비스산업 진흥법〉에 이런저런 문구들이 있지만 강제적 조항이 아니거나 자의적인 사유로 빠져나갈 수 있는 구석이 많기에 정작 현장에서는 커다란 의미가 없다.

그러나 공공 건축이 지금보다 얼마든지 나아질 수 있다는 것을 직접 증명해내지 않는 이상, 이 모든 주장은 탁상공론이 될 가능성이 높다. 그리고 조금은 낯간지럽지만, 마이너스 경영을 무릅쓰고라도 더 나은 건물을 만들어내려 애쓰는 우리의 노력이 그런 관점에서 작게나마 의미를 갖게 되기를 간절히 바란다. 결국 좋은 건축을 알아봐주는 사람들이 있고, 그래서 공공 건축이 이렇게 될 수도 있구나 하고 느끼는 사람들이 많아지면 건축 문화의 토양은 조금씩 비옥해질 것이라 믿는다.

낙선을
돌아보다

이승환

설계 공모에서 낙선하는 일은 언제나 마음 쓰리다. 2등이 되면
당선 직전에 떨어졌다는 이유로, 등수에도 들지 못하면 아무도
우리 설계안을 알아봐주지 않았다는 이유로 마음이 아프다. 지
어지지 못해 안타까운 낙선작은 많지만, 그중에서 가장 많이 생
각나는 프로젝트는 2017년 말에 제출했는데 2등으로 떨어진 문
화체육센터다.

　사실 떨어진 입장에서 할 말이야 뻔하다. 이렇게 열심히
잘했는데 떨어져서 안타깝다, 우리 것이 더 낫다 같은 소리 외에
무슨 말을 더 하겠는가. 물론 조금 우아하게 포장할 수야 있겠지
만 결국 거기서 거기다. 그럼에도 굳이 낙선에 대해 글을 쓰는 이
유는, 우리의 안과 당선작 사이에 존재하는 공공 건축과 설계 공
모에 대한 태도의 차이를 살펴봄으로써 동시대 건축가들이 고민
하는 문제를 짚어볼 수도 있겠다는 생각 때문이다.

　건축 설계는 스스로 문제를 내고 답을 푸는 과정과 비슷
하다. 우리의 가치관과 경험에 따라 목표를 정하고, 그 목표에 어
떻게 다다를지 고민하면서 건축 설계를 진행하게 된다. 따라서
건축 설계를 평가하기 위해서는 두 가지를 보아야 한다. 첫째, 문

2013년 전문가들이 뽑은 한국 최악의
현대건축 8위에 선정된 용산구청사

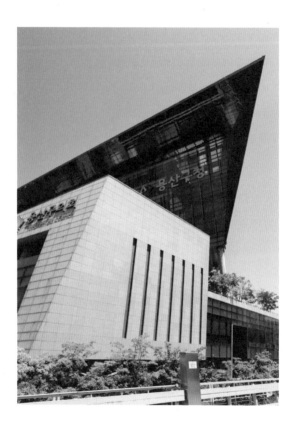

제 인식이 올바른가. 둘째, 얼마나 훌륭하게 그 문제를 해결했는가. 우리가 두려워하면서도 또 보고 싶은 것은, 우리와 비슷한 방향에서 문제를 내고 더 좋은 답을 찾아낸 당선작이다. 그런 안에 밀려서 떨어진다면 비록 그 건축가의 재능에 질투가 나겠지만 적어도 우리가 할 수 있었던 것보다 더 좋은 건축이 이 땅에 지어진다는 사실에, 대승적인 관점에서 안도의 한숨을 쉴 수 있을 것이다. 하지만 이번에 우리를 제치고 당선된 안은 근린생활시설로서의 공공 건축이 어떠해야 하는가라는 근본적인 문제 인식에서부터 의구심이 들었다.

    누구나 시내를 오가면서 그 유난스러움 덕분에 눈길을 보낸 건물 몇 개쯤 있을 것이다. 나에게는 용산구청이 그중 하나다. 2000년대 중후반 대형 설계사무소에서 일했던 경험 때문인지는 몰라도, 용산구청사는 당시 공공 청사의 경향을 대표하는 건물로 내 머릿속에 인식되어 있다. 그때는 그랬다. 눈을 찌르는 듯 튀는 안들이 뽑혔다. 예산이고 디테일이고 나발이고, 무조건 한눈에 짠 하는 디자인이 최고의 미덕이었다. 오죽했으면 아직 제대로 완공된 비정형 건축이 하나도 없던 시절이었음에도(동대문 디자인플라자나 세빛섬 등의 비정형 건축이 설계 단계에 있던 시기였다) 이미 심사위원들 사이에서는 비정형이 식상하다는 말이 나올 정도였다. 설계사무소로서는 당선되기 위해 그런 안들을 마구 던졌을 것이다. 하지만 지어진 결과를 보면 말 그대로 건물이 눈을 찌른다. 실감이 안 된다면 차로 이태원 지하차도를 북쪽에서 남쪽으로 지나보면 알 수 있다.

지금도 공공 청사가 지역의 랜드마크로 자리매김하길 강박적으로 기대하는 경우가 있다. 심사위원은 물론, 전부는 아니겠지만 적지 않은 지역 주민의 생각도 그러할 것이다. 그리고 이는 시청사나 구청사, 주민센터 같은 지역 청사뿐 아니라 노인복지회관이나 도서관, 청소년수련센터, 그리고 체육센터처럼 근린생활시설의 역할을 하는 공공 건축도 마찬가지다. 다른 평범한 건물들과는 다른 방식의 정갈하고 세련된 외관을 가지면서, 주변과 비슷한 스케일로 지역 사회에 이질감 없이 조용히 편입되는 그런 공공 건축을 보기는 힘들다. 왜 다들 하나같이 나 여기 있다고 목청껏 소리를 질러대야 하는 것일까?

우리를 제치고 당선된 안은 최대한 대지를 장악하고 몸집을 부풀리기 위해 주변에 외부 공간이 널려 있는데도 굳이 중정을 만들어 주변을 둘러싸는 방식을 선택했다. 그리고 주목을 끌기 위해 삐죽삐죽 모난 형태를 취했다. 도심에 들어서는 상업 건물도 아닌데, 그저 동네 사람들이 자주 찾고 편하게 쉴 수 있으면 제 할 일을 다 했다고 할 수 있는 체육센터가, 사람들의 눈길을 끌기 위해 커다랗고 별난 몸집으로 벌판에 들어서야 할 이유가 과연 뭔지 나는 잘 모르겠다.

어떤 공공 건축물은 분명히 랜드마크로서의 성격이 필요

하고, 시각적 충격을 통해 도시에 새로운 자극과 활기를 불어넣기도 한다. 그런 긍정적인 효과를 부인하는 것은 결코 아니다. 그러나 모든 건축물이 그런 것은 아닐 것이다. 그런 건물이 몇 개씩 들어서기엔 우리의 도시 환경은 이미 충분히 복잡하고 시끄럽다. 반대의 상황도 마찬가지다. 도시화가 이루어지는 중인 경계의 언저리에 얼마 남지 않은 자연을 배경으로 들어서는 건물은 주변을 존중하며 조화를 고려할 필요가 있다. 나는 일상의 일부로서 삶의 에너지를 재충전하기 위해 존재하는 체육센터는 우아함을 잃지 않으면서도 조금 더 편안하고 겸손한 건물이기를 바랐다. 그리고 건축으로서 지녀야 할 특별함은 가장 본질적인 공간인 수영장과 그 수영장을 바라보는 휴게 카페에 집중되어야 한다고 생각했다.

백 보 양보해서 시각적 랜드마크가 필요하다고 인정하더라도 여전히 아쉬운 점이 있었다. 떨어진 자의 자기합리화일지는 몰라도 당선작은 내부 공간에 대한 설계가 거의 되어 있지 않았다. 처음 얼핏 봤을 때만 해도 설마설마했지만, 심사가 끝난 뒤 우리에게 우호적이었던 공무원들의 배려로 상대편의 패널을 찬찬히 관찰하니 과연 우려대로였다. 외관만 화려하고 내부 공간을 보여주는 투시도가 전혀 없었던 것이다. 문제는 그뿐이 아니었다. 대공간이어야 할 수영장이 옆의 부속실과 층고가 같고 2층의 방들은 중복도의 사무실처럼 계획되어 마치 평평한 공간 설계 공모에 제출했던 문화체육센터 설계안.
과한 형태가 되지 않도록 외관을 배려했고,
수영장 안에는 간접광이 가득하다.

186

을 쌓아놓은 것 같은 '시루떡 설계'의 전형을 보는 듯한 기분이 들었다.

우리가 발견한 불합리한 현실에 충격을 받았다고 해야겠지만, 솔직히 말하면 별로 놀랍지는 않았다. 지자체에서 매년 시행하는 이런저런 공모전의 당선작들 역시 이 체육센터와 대동소이하기 때문이다. 겉모습만 화려할 뿐 내부 공간에 의미 있는 건축적 시도를 제안하는 경우는 그리 많지 않은 것이다. 다들 그런 밋밋한 안들만 제출해서 그렇다면야 할 말은 없지만, 지형을 이용해서 동선을 입체적으로 풀거나 천창에서 들어오는 간접광으로 실내의 공간감을 극대화한 재미있는 안을 알아보고 뽑아주는 일이 가끔이라도 있으면 좋겠다. 하긴, 매곡도서관의 기적을 자주 기대하는 것은 지나친 욕심일지도 모르겠다.

젊은건축가상
참여기

이승환

2017년에 수상한 신진건축사대상은 분명 우리에게 큰 의미가 있는 상이었다. 덕분에 자신감도 생겼고, 포기하지 않고 그럭저럭 사무실을 지탱할 계기가 되기도 했다. 그런데 뭔가 하나를 성취하고 나니 좀 더 높은 곳이 보이기 시작했다. 이름 있는 상이란 대개 그 수상자들로부터 권위가 나오는 법. 우리가 젊은건축가상을 받고 싶었던 이유도 그랬다. 우리가 존경하고 좋아하며 롤 모델로 삼고 싶은 건축가들은 대부분 이 상의 수상자였다.

우리는 젊은건축가상에 두 번 도전했다. 처음에는 탈락의 고배를 마셨고, 그 다음에는 수상의 기쁨을 누렸다. 만 45세 이하의 건축가를 대상으로 하는 상이기에 사실상 마지막 기회였다. 수상 여부를 떠나 상에 응모하고 공개 심사에 참여했던 두 번의 경험은 많은 것을 보고 느끼게 해주었다.

2018년

젊은건축가상은 두 단계의 심사 과정을 거친다. 1차는 30페이지의 포트폴리오만으로 진행하는 서류 심사이고, 2차는 1차를 통과한 일고여덟 팀을 대상으로 15분가량의 프레젠테이션과 대담을 통해 진행하는 공개 심사다. 우리는 첫 도전을 준비하면서 크게 두 가지 전략이 가능하다고 생각했다. 선명한 주제를 정하고 이를 뒷받침하는 몇 개의 작품을 선별해 구성하는 방법과 자신의 작업을 계열화하여 가능한 많은 수를 담아내는 방법. 사실 당시 제대로 보여줄 수 있는 준공작이 매곡도서관 하나에 불과한 우리로서는 길게 고민할 필요가 없었다. '공공(公共)에 공(功)을 들이다'라는 제목으로 절반 넘는 분량을 매곡도서관으로 채웠고, 나머지는 설계 공모 낙선작들과 당시 공사 중이던 다목적 강당으로 구성했다. 어쨌든 작품의 수가 많지 않으니 작업들을 한 번에 설명할 수 있는 적절한 주제를 찾아내는 것이 가장 현명한 방법일 것이다.

1차 심사에는 서른한 팀이 포트폴리오를 제출했고 그중 우리를 포함한 일곱 팀이 선정되어 2차 공개 심사에 참여했다. 우리의 전략은 다음과 같았다. 어차피 건축적 의도와 전략은 1차에 제출한 포트폴리오에 대부분 담았기 때문에 주어진 15분의 프레젠테이션 시간에 일일이 이런 것들을 설명하기보다는 공공 건축을 하며 겪은 우리의 경험을 이야기로 엮어보기로 했다. 심사위원들 모두 경험이 풍부한 선수들이라 건축적인 내용을 시시콜콜 다 풀어 설명할 필요는 없다고 생각했다. 대신 감리를 할 수 없는 상황에서 건축물의 완성도를 높이기 위해 우리가 취했던 방법들, 불합리한 제도에 대항하며 겪었던 일들, 그리고 미

약하게나마 이를 개선하기 위해서 했던 작은 노력들에 대해서 설명했다. 결과적으로는 설계를 실행에 옮기는 부분에 지나치게 무게 중심이 쏠렸던 것이 아닌가 하는 때늦은 아쉬움이 남는 전략이었다.

다른 팀들의 전략은 사뭇 달랐다. 2차 프레젠테이션에 참여한 각 팀들에 대한 주관적인 느낌을 간략히 정리하면 다음과 같다. 경계없는작업실은 '현실의 건축'이라는 주제하에 상업적 가치를 최대로 끌어올리면서도 이를 완성도 높은 건축물로 만들어내기 위해 떠올린 아이디어를 중심으로 이야기를 풀어나갔다. 그러한 방법들이 감탄을 자아낼 만큼 스마트했고, 적당한 선에서 멈추지 않고 두 마리 토끼를 다 잡기 위해 들인 노력의 지극함 역시 돋보였다. 푸하하하 프렌즈는 인테리어부터 시작해 최근의 준공작에 이르기까지 아마도 대부분의 작품을 소개했는데, 유쾌함을 전면에 내세우는 것처럼 보이면서도 그 이면에는 날카로운 미적 감각이 근간을 이루고 있다. 자신의 논리에 매몰되지 않고 현장의 조건에 유연하게 대응하면서 이를 건축적인 아이디어로 승화시키는 솜씨도 매우 뛰어났다. 솔직히 이렇게 젊은 친구들이 그 정도의 완성도 높은 작품을 꾸준히 발표하고 있다는 사실 자체가 놀라울 뿐이었다. 김효영은 사색적이고 감정에 기반을 둔 방법론을 선보였다는 점에서 설계를 이성적인 행위로 보는 다른 팀들과 차별성을 보여주었다. 경쟁자들에 비해 작품들이 조금은 투박해 보였지만, 작업 과정을 이해하게 되자 그 바탕에 건축가의 인성에서 우러나오는 따뜻함이 배어 있다는 느낌을 받았다. 김이홍은 자신의 작품을 개념 작업과 구축 작업으로 계열화하여 소개했다. 두 계열의 작업이 각각 서로를 탄탄하게 받치고 있다는 느낌이 들었고, 개념 작업이 한 축을 이루고 있기 때문인지 건축 작업을 사회적 관계를 만들어가는 과정보다는 자신의 내부에 집중하는 탐구적 행위로 보고 있다는 인상을 받았다. 남정민은 표면의 깊이라는 주제로 자신의 작품을 설명했는데, 벽면에 마치 화분처럼 식재할 수 있는 기능을 결합한 독창적인 외장재를 선보였다. 아주 작은 부분까지 건축적인 의도를 세세하게 설명했다는 점에서 우리와 반대되는 방법론을 택했다고 할 수 있는데, 자신의 작업에서 의미를 찾아내고 이를 전달하는 과정이 매우 인상적이었다. 2017년에 이어 두 번째로 도전하는 서가건축은 입면 참고 작품을 찾아 인터넷을 헤매던 우리가 '와, 이거 정말 우리나라에 지어진 거야?'라며 감탄했던 작품을 설계한 팀이다. 작품의 완성도는 익히 보아온 것임에도 또다시 놀랄 만큼 뛰어났는데, 다만 그러한 결과물들을 프레젠테이션에서 효과적으로 전달했는지에 대해서는 이견이 있을 수 있을 것 같다. 동물 보호 운동가들과 함께 작업한 고양이 이주 프로젝트는 매우 독특한 공공 영역의 작업이었는데, 건축가의 사회 참여라는 관점에서 좋은 참고가 될 수 있겠다고 생각했다.

결론적으로 각자 자신의 작업을 설명하는 방법은 7팀 7색으로 서로 달랐지만, 참여한 모든 팀의 건축적 성취도와 완성도는 사실상 우열을 가리기 힘들다는 것이 우리의 생각이다. 흥미로웠던 것은 모든 팀의 프레젠테이션이 끝나고 이어진 공통 질문 및 토론 시간에 받았던 '왜 젊은건축가상에 지원했느냐'라는 물음에 대한 각 팀의 대답이었다. 건축가로서 일하는 현실에 관심도 많고 할 말도 많은 편이었던 우리는 '우리의 목소리에 힘을 싣기 위해서'라고 답했는데, 다른 팀들은 대개 '내 작업을 객관적으로 평가받기 위해서', '팀을 격려하고 힘을 얻기 위해서'라는 사유를 내놓았다. 우리로서는 각 팀들이 건축가라는 직업을 바라보는 관점과 사회적 관계 설정에 대한 생각이 궁금했는데, 전체적인 분위기는 건축가와 창작물로서의 작품 간의 관계에 집중한다는 인상이었다.

　　무엇보다 발표가 끝나고 심사위원 중 한 분이 지나가면서 툭 던지듯이 내뱉은 '뭘 그렇게 심각하게 해요?'라는 말에 우리가 방향을 잘못 잡은 것일 수도 있겠다는 생각이 들었다. 이미 현실을 인정하고 이에 적응해가면서 건축을 해온 기성세대 건축가들의 눈에는 고작 공공 건축 두세 건을 하고 나서 마치 세상의 모든 불합리를 다 겪은 것처럼 이렇게 저렇게 바뀌어야 한다고 소리치는 후배가 마땅치 않게 보였을지도 모를 일이다. 나중에 결과를 보고 든 생각이지만 아무래도 그 자리는 그런 노력과 태도를 평가하는 자리는 아니었던 것 같다.

수상자는 경계없는작업실, 김이홍, 남정민 이렇게 셋이었다. 탈락을 알게 되자 낙담도 컸지만 2차까지 갈 수 있었던 것만 해도 우리로서는 가슴 벅찬 일이었다. 많은 팀들이 재수, 삼수를 하면서 이 상을 받았다는 사실도 나름대로 위로가 되었다. 우리 작업과 프레젠테이션에 대한 심사위원들의 평가가 어떠했는지 매우 궁금했는데, 작년과는 달리 떨어진 팀들에 대한 심사평이 없어서 못내 아쉬웠다. 이미 얼마 전에 비슷한 이름의 상을 하나 받았으니까, 하면서 스스로 다독거리는 수밖에 없었다.

2019년

겨울이 지나고 새봄이 오면서 2019년에도 또 젊은건축가상에 지원할지를 두고 보림 소장의 의중을 떠보았다. 나보다는 보림 소장의 의지가 좀 더 강해보였는데, 그 마음이 전해진 듯 날이 따스해지면서 나 역시도 다시 해보고 싶은 마음이 점점 굳어졌다. 마침 지난 몇 년 사이에 사무실 이름이 조금 알려졌는지 연초에 강연 요청이 몇 개 들어왔는데, 그 프레젠테이션을 준비하다보니 자연스럽게 전략이 머리에 떠올랐다.

1년 전 우리의 전략이 하소연에 치우친 것이 아니었나 하는 반성에서 이번에는 정공법을 선택했다. 곁가지는 걷어내고 우리의 건축적 성과를 하나하나 전달하기로 한 것이다. 한 가지 마음에 걸렸던 것은 만 45세를 넘긴 '젊지 않은' 내 나이였다. 주관 단체인 새건축사협의회에 문의해본 결과, 일단 보림 소장은 자격 조건에 맞는 나이고, 설령 나이 제한을 넘긴 경우라도 건축을 늦게 시작한 사유에 대한 소명자료를 제출하면 별문제가 없을 것이라는 답을 들었다. 요컨대 다른 팀과 현저하게 큰 차이로 젊지 않은 사람이 이 상을 받았을 때 느끼게 될 민망함만 개인적으로 감당하면 되는 것이었다.

1차 심사는 한 번 통과한 경험이 있어서 크게 걱정하지 않았다. 게다가 심사위원 가운데 평소 우리가 좋아하는 건축가들이 여럿 있어서 마음을 덜 졸일 수 있었다. 우리가 그들의 작품을 좋아한다면 그들도 우리의 작품을 알아봐줄 가능성이 크기 때문이다. 제출하고 나서 일주일 정도가 지나 1차를 통과한 팀의 명단이 발표되었다. 그 면면을 보니 우리를 포함해 세 팀이 작년에 이어 재도전장을 내고 있었다. 역시 여러 번 도전해서 받는다는 상다웠다. 그중에서도 특히 푸하하하 프렌즈는 특출한 재능을 가진 팀이기에 이번에는 반드시 될 것 같았다. 프레젠테이션 장소는 기존의 서울도시건축센터에서 국립현대미술관 서울관으로 변경되었는데, 생각보다 장소가 크고 어두워서 심리적으로 부담이 되었다. 공개 심사라 전년도 수상자들을 포함한 꽤 많은 건축인이 모이는 행사라는 사실 역시, 이미 1년 전 경험을 통해 알고 있으면서도 여전히 우리를 긴장하게 만들었다.

푸하하하 프렌즈와 김효영은 1년 만에 새로운 프로젝트를 몇 개 더 가지고 돌아왔다. 푸하하하 프렌즈는 전략을 바꿔 최근에 완성된 성수연방을 중심으로 이야기를 풀어나갔고, 김효영은 여섯 개나 되는 프로젝트를 강약을 조절하며 차근차근 풀어나갔다. 교수와 제자가 파트너를 이룬 텍토닉스랩은 얼마 전 건축 전문지에 소개된 인상적인 주택 작품을 통해 처음 알게 되었는데, 역사를 참조하면서도 모던한 수법으로 단단한 주거 공간을 만드는 실력이 돋보였다. 프레젠테이션 역시 이런 부분에 초점을 맞추면서 작업의 이론적 바탕을 시나리오처럼 풀어나갔다. 알오에이의 김경도는 마포문화비축기지라는 큰 프로젝트를 선배 건축가와 공동으로 작업한 실력 있는 건축가였다. 프레젠테이션은 의외로 현재 진행 중인 리노베이션 프로젝트에 집중했는데, 완성되면 이 또한 주목할 만한 좋은 작품이 될 것 같았다. 에스에프랩의 최무규는 건축과 예술을 오가는 실험적인 작품을 선보였다. 화면을 보지 않고 청중을 향해 자신 있게 자기 이야기를 전달하는 프레젠테이션이 설득력 있게 느껴졌다. 지요의 김세진은 친분이 있는 학교 후배로, 전부터 우리와 비슷하게 공공 건축을 해왔기에 그 행보에 주목하고 있던 터였다. 어렴풋이 알고는 있었지만, 주어진 조건에 대해 섬세하고 진지하게 접근하는 모습에서 그가 지닌 건축가로서의 무게감이 전달되었다. 건축공방은 전에 강의를 나가면서 학교에서 몇 번 만나 인사한 적이 있는, 독일에서 공부한 부부 건축가 팀이다. 그 당시에는 몰랐는데 밀도 있는 프레젠테이션을 보니 그사이 엄청나게 많은 프로젝트를 진행한 듯했다.

쟁쟁한 경쟁 상대들을 보니 정말 쉽지 않은 상이라는 것이 다시 한 번 느껴졌다. 우리로 말하자면, 첫 도전 때 프레젠테이션을 위해 따로 대본을 쓰고 연습한 것이 되레 부자연스러웠던 것 같아서 이번에는 그런 준비 없이 강연을 할 때의 기분을 살리며 되도록 편하게 하려고 했다. 시도는 좋았지만 하다 보니 말이 늘어지면서 시간을 초과했고, 그 덕에 뒷부분은 제대로 설명도 못한 채 쫓기듯 단상을 내려왔다. 너무 속이 상해 이어진 대담 시간에 무슨 질문을 받았고 어떻게 대답했는지 기억도 나지 않는다.

수상자는 우리와 건축공방, 그리고 예상했던 대로 푸하하하 프렌즈였다. 탈락의 쓰라림을 경험한 바 있기에 수상 소식을 알았을 때 대놓고 기뻐할 수가 없었다. 모두 실력과 자격이 있는 건축가들이다. 우리는 단지 이번 심사위원들이 요구한 기준에 부합했을 뿐이다. 그리고 수상의 책임 또한 가볍지 않다. 우리도 과연 우리가 본받고 싶은 역대 수상자들처럼 될 수 있을까? 아직 그 길은 너무나 요원하다. 그러나 몇 년 전 처음 사무실을 열고 아무것도 가진 것 없이 출발점에 섰을 때를 떠올리면 지금은 그때와 비교할 수 없을 만큼 멀리 왔다. 이제 우리 앞에 또 다른 무대가 열린 것이다.

건축가의
블로그

이승환

전부는 아니지만 대부분의 건축가들은 공식 홈페이지 외에도 어떤 형태로든 온라인상의 사회적 관계망과 연결되어 있다. 우리에게는 블로그가 그 역할을 한다. 우리가 블로그를 만든 것은 매곡 도서관 실시 설계를 진행할 무렵 합류해 1년 반을 함께했던 정석 부소장의 권유 때문이었다. 학교 후배이자 나와 여러 면에서 통하는 것이 많아 언제나 함께 일하는 것이 즐거웠던 정석 부소장은 우리에게 부족한 부분에서 감각이 뛰어났다. 블로그가 포털 검색에 노출되도록 등록하는 일도 도맡아 했고, 거의 손을 놓다시피 하고 있던 페이스북도 꾸준히 해보라고 충고했다. 블로그라는 형식이 공식 홈페이지에서는 접하기 어려운 작업 과정과 그 뒷이야기를 전하기에 좋은 수단이 될 거라는 조언에, 마침 예전에 각자 개인 블로그를 운영해본 경험이 있던 우리는 당장 아이디알의 이름으로 블로그를 시작했다.

첫 포스팅은 보림 소장이 썼는데, 사무실 인테리어를 하면서 로고에 페인트를 칠하는 사진을 곁들인 '시작, IDR Architects!'라는 제목의 글이었다. 이제 막 납품해서 시집보낸 딸같이 조마조마한 공공 프로젝트 하나 외에는 내세울 만한 성과도 변변히 없던 그때의 우리는, 언제 문을 닫아도 이상할 것이 없는 구멍가게와 다를 게 없었다. 그러나 그 글에는 우리의 디자인으로 세상을 조금이나마 나은 곳으로 만들고 싶다는, 작지만 강한 소망이 담겨 있었다. 우리의 방향타는 이때부터 줄곧 한 방향으로 고정된 것 같다.

사실 처음에는 블로그를 대수롭지 않게 여겼다. 그저 우리가 건축 작업을 하면서 신경을 썼으나 따로 짚어내지 않으면 잘 드러나지 않는 부분을 약간의 전문적인 배경지식과 섞어서 풀어놓는 기회 정도로 생각하고 있었다. 건축가를 찾아 인터넷을 돌아다니는 건축주들에게 뭔가 차별화된 지점을 드러내기에 좋은 수단일 거라는 심산이었다.

그런데 계속해서 참가한 설계 공모에서 쓴맛을 보면서, 블로그에는 처음의 의도와는 다른 방향의 글들이 하나둘씩 쌓이기 시작했다. 이를테면 우리 기준으로는 받아들이기 어려운 당선작에 대한 분풀이나 떨어진 우리 제출작에 녹아든 버리기 아까운 아이디어 같은 것들이다. 매곡도서관의 공사가 진행되고, 교육청 다목적강당 공모에 당선되어 공공 건축의 경험치가 늘어가자 또 새로운 것들이 보이기 시작했다. 수십 년간 아무도 고치지 못했던, 또는 고치려고 시도조차 하지 않았던 불합리한 관행이 도처에 널려 있었다. 억울한 일을 당할 때마다 둘이 번갈아가며 글을 올리기 시작했다. 잠재적인 건축주를 상상하며 시작한 블로그였건만, 언제부터인가 비슷한 처지에 있는 젊은 건축인들이 우리가 쓴 글에 반응하기 시작했다. 오랜만에 건축을 하는 지인들의 모임에 나가면 요즘 블로그 잘 보고 있다는 인사를 듣는 일도 많아졌다. 올린 글마다 댓글도 조금씩 달리기 시작했는데, 우리와 유사한 프로젝트를 진행하고 있는 건축가가 자신의 고생담을 덧붙이며 응원을 보내주기도 했고, 공공 기관의 건축 담당 공무원이 우리가 지적한 현실에 개탄하며 공감을 표현한 적도 있었다.

원래 하고 싶은 말이 그랬던 것인지, 아니면 글에 대한 주변의 호응이 그렇게 만든 것인지는 잘 기억나지 않지만, 점차 우리의 관심은 건축 설계라는 직업이 처한 환경에 집중되기 시작했다. 우리 사회에서 건축가라 불리는 전문가가 서 있는 자리가 궁금했고, 그 자리가 너무나 초라한 현실에 낙담했다. 그것을 바꾸고 싶은 마음도 컸지만, 그 이전에 가능하면 많은 사람이 고개를 끄덕일 수 있는 말들로 우리가 느끼는 문제들을 콕콕 짚어내고 싶었다. 그리고 이런 바람이 담긴 솔직한 글은 전문적인 영역을 넘어 종국에는 보편성을 획득할 수 있음을 어렴풋이 깨닫게 되었다. 블로그에 올린 우리의 글 전체를 관통하는 가치관이 무엇인지는 잘 모르겠다. 아니, 정확히 말하면 어떤 단어를 사용해서 정의해야 할지 모르겠다. 그러나 어떤 일관성이 있다는 것만은 알 것 같다. 그리고 가능하다면 그것을 어느 정도 이해하고 공유할 수 있는 사람들의 집을 설계하고 싶다.

2018년 젊은건축가상에 낙방하고 난 뒤 올린 참여기는 생각보다 많은 사람들에게 읽힌 듯싶다. 내 딴에는 탈락한 팀들의 심사평이 없는 것이 못내 아쉬워서 쓴 글이었는데, 떨어진 입장에서 솔직하게 던진 말들에 그 나름의 전달력이 실렸던 것 같다. 가을쯤 돼서 대안학교를 신축하고 싶다는 분들로부터 연락을 받았는데, 젊은건축가상 수상자들 가운데서 일을 맡길 만한 사람을 찾다가 우연히 내가 올린 글을 발견하고 연락한 것이었다. 우리도 첫째와 둘째를 대안학교에 보낸 적이 있고, 그 이후에는 온라인 홈스쿨링으로 학교 과정을 대신하고 있다 보니 상담을 하면서 뭔가 통하는 것이 많았다. 블로그에 일상을 이야기하는 글이 많지 않았지만, 건축계와 사회를 바라보는 우리의 관점이 대안학교가 가고자 하는 방향과 맞다고 느꼈을 거라 짐작한다. 안타깝게도 설계비가 맞지 않아 다른 건축가가 이 사업을 맡게 되었지만, 글로 인해 우리와 뜻을 같이하는 건축주를 만날 수도 있겠다는 것을 알게 되었다.

2018년이 끝나갈 무렵 '블로그의 글을 읽고 건축사사무소와 프로젝트, 건축에 많은 관심을 갖게 된 팬'이라고 자신을 소개한 한 예비 건축주가 이메일로 주택 설계 상담을 의뢰했다. 왠지 성함이 낯설지 않아 잠깐 인터넷에서 확인해보니 예전에 자주 드나들었던 영화 관련 커뮤니티에서 공식 리뷰를 쓰던 분이었다. 객관적이면서도 매체의 특성을 고려한 수준 높은 평론을 감탄하며 읽던 기억이 떠올라 오히려 '제가 팬인 것 같다'며 바로 답장을 보냈다. 그리고 처음 만난 자리에서 바로 우리를 건축가로 선택해주었다. 다른 건축가는 만나보지도 않았단다. 그렇게 해서 시작한 인연으로 공모전을 제외하고 혈연과 지연을 통하지 않은 최초의 민간 건축주를 만나게 되었다. 블로그가 아니었으면 오시 않았을 기회였다.

2019년 봄에는 단독 주택지로 유명한 곳에 땅을 가진 분으로부터 전화가 왔다. 이 예비 건축주는 이미 우리나라의 내로라하는 건축가들을 여럿 만나보았고, 이러저러한 사정으로 젊은 건축가를 물색하는 중이었다. 솔직히 주택 포트폴리오가 변변치 않은 우리에게 연락했다는 사실 자체가 의아했다. 미팅 자체는 상당히 우호적인 분위기에서 진행되었는데, 건축주는 인터넷에서 젊은 건축가를 찾다가 우리 블로그를 발견했고, 적지 않은 양의 글을 며칠 사이에 모두 읽었다고 했다. 그리고 일단 이 건축가들을 만나봐야겠다고 생각했다는 것이다. 주택 설계를 위한 건축 상담이 아니라, 서로 살아온 이야기를 거의 두 시간에 걸쳐 나누는 자리가 되었다. 비록 계약은 이루어지지 않았지만 글이라는 것이 전혀 뜻밖의 사람들을 이어주는 계기가 될 수도 있다는 것을 알게 해준 고마운 만남이었다.

글과 건축 모두 그것을 쓰거나 만든 사람을 드러내는 묘한 매력이 있다. 어느 틈엔가 글쓰기는 우리에게 건축 말고도 중요한 작업 중의 하나가 되었다. 글쓰기에 목적이 하나 있다면 그것은 글을 통해 우리가 건축가로서 제대로 서 있는지 끊임없이 확인하는 것이다. 스스로 서 있는 것도 중요하지만, 서 있는 운동장이 어떤 상황인지를 똑바로 아는 것도 그만큼 중요하다. 이러한 과정에서 발생하는 모든 일이 사실 덤이기는 하지만, 서로 생각의 방향이 맞는 사람들을 알게 되는 것이 즐거운 경험임에는 틀림없다.

생존형 건축가,
'공공 건축가'가 되다

이승환

공공 건축가 제도는 공공 건축물의 수준을 높이고 도시 공간의 공공성 확보를 통해 도시의 경쟁력을 강화하려는 목적으로 2009년 영주시를 필두로 2012년 서울시가 도입한 제도다. 이 제도는 2018년에 세종시 행정중심복합도시(이하 행복도시)에도 도입되었고, 이듬해에는 그 범위가 전국 단위로 확대되었다. 공공 건축가는 신진 건축가와 중진 건축가를 나누어 경력과 포트폴리오를 심사하여 선발하는데, 서울시의 경우 200명이 조금 안되는 인원이 활동 중이다. 신진 건축가에게는 공공 건축 지명설계 공모나 소규모 수의계약 용역에 참여할 수 있는 기회가 주어지고, 중진 건축가는 주로 사업의 기획이나 자문, 설계 공모 심사에 참여한다.

나는 2018년에 행복도시 공공 건축가로 위촉되었다. 몇 년 전 서울시 공공 건축가에 지원했다가 떨어진 기억이 있기에 설레는 마음으로 위촉식에 다녀왔다. 공공 건축가들의 대장 격인 총괄건축가 김인철 선생님의 인사말이 인상적이었는데, 현재 행복도시 대부분의 공공 건축이 대형 설계사무소에서 설계하여 과장된 형태가 많다는 지적과 함께, 공정과 청렴이 공공 건축가의 역할에 바탕이 되어야 한다고 강조한 부분은 그 자리에 참석한 모든 건축가가 충분히 공감하고도 남았으리라. 그러나 '프로젝트를 조금이라도 더 따기 위해 공공 건축가에 지원하신 분들은 아마 없을 것이며, 무엇보다 봉사하는 자세로 이 역할에 임해야 한다'고 당부한 대목에서 기성세대 건축가와 젊은 건축가 사이의 어쩔 수 없는 간극이 느껴지기도 했다.

물론 공공 건축가를 프로젝트를 더 따기 위한 수단으로만 생각한다면 제도의 취지에 크게 어긋난다. 문제의 핵심은 좀 더 근본적인 관점의 차이에 있다. 오찬 자리에서 앞에 앉았던 젊은 건축가 한 분의 말씀을 빌리자면, 우리가 공공 건축가에 지원한 것은 좋은 디자인을 하고 그 역할에 합당한 보수를 받기 위함이지, 이른바 '재능 기부'를 하기 위한 것은 아니지 않느냐는 것이다. 몇 년 전 서울시 공공 건축가를 하던 지인들이 이건 공공 건축가가 아니라 공공 노예라고 푸념하던 일이 다시 떠올랐다.

내가 아는 모든 젊은 건축가들은, 그들이 허풍을 떠는 게 아니라면 한 명도 빠짐없이 생존형 건축가다. 다시 말해 매 순간 '과연 이 일로 생계를 꾸려갈 수 있을까'라는 고민에 빠져 있다는 뜻이다. 대한건축사협회에서 제시하는 설계비 기준은 '허가방'보다 조금 나은 수준의 설계에 맞추어져 있는데, 우리가 대하는 대부분의 건축주들은 그런 건 됐고 진짜로 얼마냐며 다그치듯 설계비를 깎는다. 우여곡절 끝에 기준 설계비에도 못 미치는 수준으로 계약한 후에는 실제 일은 두 배, 세 배로 한다. 일을 시작한 지 두 달 만에 사무실 손익은 마이너스로 돌아섰는데, 일이 끝나려면 아직도 네 달은 더 남은 것 같다.

건축가가 바보라서 이렇게 일을 하는 것은 아니다. 조금이라도 좋은 설계를 하려다보니 들어가는 시간의 양이 엄청나게 늘어나는 것이다. 일례로 명동 근린생활시설의 실시 설계를 진행하면서 입면에 치장벽돌의 줄눈이 가로 방향으로 조금씩 넓어지는 효과를 내기 위해, 우리는 벽돌 구멍에 지지 철심이 통과하는지 하나하나 3D 프로그램으로 모델링해가며 확인해야 했다. 그것뿐이랴. 조금이라도 일반적이지 않거나 표준과 다른 디테일은 자재 업체와 현장의 저항에 부딪혀 아주 사소한 것 하나를 해결하는 데에도 몇 날 며칠이 걸리곤 한다.

디자인의 차이를 알고 그 디자인의 가치에 합당한 보수를 지불하는 소수의 이상적인 건축주들도 분명 존재한다. 그러나 그들은 선배 건축가들의 클라이언트다. 시작한 지 얼마 안 된 건축가를 일부러 찾아오지는 않는다. '건축가'라고 하면, 흔히들 승효상 선생님처럼 많은 것을 성취한 문화 예술인을 떠올리는 것 같다. 그래서 젊은 건축가들 역시 풍족한 문화 예술인으로서 공공을 위해 재능을 기부해야 마땅하다고 생각하는 것은 아닌지 모르겠다. 그러나 실상은 그 '풍족한' 건축가들 중 상당수가 매일매일 사무실 문을 닫을까 말까 고민하고 있는데도 말이다.

공공 건축을 중요하게 생각한다면 공공 건축가의 역할 역시 중요하게 생각해야 한다. 그리고 그들이 합당한 대가를 인정받을 때 비로소 실력 있는 건축가들이 지속적으로 공공 건축가에 지원하여 공공 건축의 수준을 끌어올리는 데 힘을 보탤 수 있다. 더 이상 봉사정신을 핑계로 갓 시작한 젊은 건축가들의 희생을 강요하는 것은 옳지 않다.

또 다른
시작 앞에서

전보림

그동안 내색하진 않았지만, 사실 꽤 오랫동안 의기소침해 있었다. 그 타기 어려운 젊은건축가상까지 탔는데도 우리 사무실은 여전히 가난하고 일이 없었다. 작년 말에 계약한 작은 주택 프로젝트 하나는 부지에 대한 토목 정리가 안 되어 설계만 6개월을 해야 했고, 그동안 미술관의 전시실 칸막이 공사 설계, 행복주택 기본 계획 용역 같은 자잘한 수의계약 건으로 겨우겨우 버텨왔다. 그래도 심하게 적자는 아니니까, 그리고 함께 일을 해나갈 수 있는 착하고 똑똑한 신입사원이 들어왔으니까 곧 좋아지겠지, 조만간 형편이 나아지겠지 하고 희망적으로 생각하려 노력했다. 그런데 젊은건축가상 전시 준비를 하면서 함께 상을 받은 다른 팀들의 상황을 가까이서 보니 우리와 너무도 비교가 되었다. 모두 우리보다 고작 1년 남짓 먼저 개소했을 뿐인데 프로젝트는 열 배쯤 많이 한 것 같았다.

스스로 이런 말 하기는 좀 그렇지만, 우리는 도서관과 다목적강당 두 개를 그리 나쁘지 않은 디자인으로 설계해서 완성했다. 이후 도서관은 상을 여러 개 탔고 다목적강당도 젊은 건축가들의 참고 자료가 되고 있다고 들었다. 공공 건축이 가지고 있는 구조적인 문제를 조금이라도 알고 있는 사람이라면 우리의 성과가 그리 쉽지 않은 과정을 거친 결과물임을 알 수 있을 것이고, 우리 역시 건축가로서 뿌듯함을 느낀다.

그러나 공공 건축이 건축가로서 아무리 보람 있는 일이라 해도, 그 성과가 다음 프로젝트로 연결되지 않는 것은 너무나 아쉽고 절망적인 일이었다. 아무도 도서관이나 체육관을 짓겠다고 우리에게 연락을 해오지 않았다. 몇 개의 학교에서 우리가 한 다목적강당을 보고 연락을 했지만 설계를 해달라는 것이 아니라 허가 관련 자문을 해달라거나 비슷하게 짓고 싶으니 도면을 줄 수 없겠냐는 기막히고 어이없는 요청뿐이었다. 공공 건축은 설계비가 2,000만 원, 여성 기업의 경우 5,000만 원이 넘으면 임의로 설계권을 줄 수 없는 데다, 민간에서는 짓지 않는 용도와 규모의 건물들이다.

공공 건축을 주로 하는 사무실은 당선되어 실시 설계를 진행하는 동안에도 다음 설계 공모전을 준비한다는데, 우리는 설계 기간 동안 다른 어떤 것도 돌아보지 못하고 오로지 한 프로젝트에만 매달려서, 끝나고 나면 몇 달 동안은 좀 쉬어야 할 정도로 지치곤 했다. 설계 공모에 도전할 때도 그랬다. 매번 모든 걸 쏟았고, 그래서 낙선할 때마다 너무나 힘들고 가슴 아팠다. 게다가 홍보할 수 있는 기회 앞에서는 수줍어했다. 얼마 전 옛 서울역사인 문화역서울284에서 젊은건축가상 수상 전시를 했

문화역서울284에서 열렸던
2019년 젊은건축가상 전시

는데도 부모님 외에는 거의 연락을 하지 않았다. 전시 준비를 하느라 오랫동안 낑낑거려 놓고는 막상 때가 되니 쑥스럽고 계면쩍어 아무런 홍보도 하지 않았던 것이다. 상품의 품질보다 광고가 더 중요하다는 홍보의 시대에 우리는 주변머리가 없어도 정말 너무 없다.

어쩌면 다른 젊은 건축가들이 한 프로젝트의 수와 규모를 알고 나서 주눅이 든 것 같기도 하다. 상을 타면서 젊은 후배 건축가들에게 도움이 되는 수상이 되고 싶다고 했는데 그 말이 얼마나 주제넘은 소리였던가 싶었다. 프로젝트를 해야 건축가지, 이렇게 일 없이 앉아 있는 내가 무슨 건축가인가 싶기도 했다. 그래서 그동안 더 기운이 없었다. 이런 현실이 속상해서 잠이 오지 않는 밤도 있었다. 써야만 하는 글을 쓰느라 지치기도 했지만 더 쓸 기운도 나지 않았다.

그러다가 얼마 전, 드디어 우리에게 상업 건물 설계를 맡기겠다는 분을 만났다. 프로젝트가 없을 때는 막연하게 억울하기만 했는데, 우리를 믿어주겠다는 분을 만나고 나니 신기하게도 갑자기 스스로를 돌아보게 되었다. 지어진 프로젝트도 별로 없고, 남들처럼 번듯한 사무실도 없는 초라한 우리의 모습이 그제야 눈에 들어왔다. 그런데 그런 겉모습이 아닌 내면을, 성과가 아닌 가능성을 보고 우리를 선택하신 분들이 있는 것이다. 너무 기쁘고 고마워서 또 며칠 동안 잠을 깊게 자지 못했다. 이 건물을 어떻게 멋지게 디자인할까, 어떻게 평면을 짤까 하는 생각이 머릿속에서 떠나지 않는다.

우리가 꿈꾸는 미래는 대단하지도 거창하지도 않다. 우리가 원하는 삶은 그저 하고 싶은 일을 하면서 불편하지 않게 살 수 있을 정도의 소득을 얻는 것이다. 그러면서 주말에는 가족이 함께 가까운 공원에 가고, 직접 저녁밥을 지어 먹는 여유를 잃지 않는 것이다. 성의도 없고 별로라는 이야기를 듣는 건축은 하지 않는 것이다. 그래서 우리는 일이 많기를 바라지 않는다. 또 대단한 일을 하게 되기를 바라지도 않는다. 그저 1년에 한두 개의 프로젝트라도 충분하다는 생각으로 해나가려고 한다.

지금껏 우리가 열정을 쏟아온 공공 건축이 우리 삶의 목표에 실질적인 도움이 되지 못했다는 사실은 정말 가슴 아프다. 아무리 공공 건축에 대한 열정이 있다 해도, 공모전만을 계속하는 건 도박처럼 느껴진다. 그래서 이번 프로젝트처럼 다음 프로젝트로 연결될 수 있는 기회가 우리에게는 너무나 소중하다. 아무리 오랜 시간이 지난다 해도, 우리에게 처음으로 주택 설계를 의뢰해주신 분과 상업 건물 설계를 의뢰해주신 분만큼은 절대로 잊지 못할 것 같다. 그분들을 시작으로 앞으로 하나하나 신뢰를 쌓아가려고 한다. 우리는 또 다른 시작 앞에 서 있는 것이다.

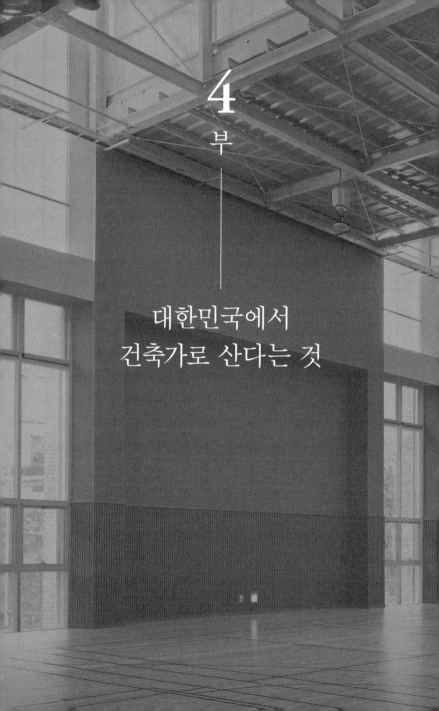

4부

대한민국에서
건축가로 산다는 것

우리의 거리 풍경은
안녕하신가

전보림

우리나라 도시의 주택가 골목에는 공사 현장이 거의 1년 내내 있다. 대부분 단독 주택이나 1층짜리 상가를 허물고 4층짜리 상가 주택이나 다세대를 짓는 현장이다. 그런 공사가 끊이질 않는 까닭은 가지고 있는 땅에 더 많은 집을 지어 팔거나 상가를 지어 임대 수익을 얻는 것이 비교적 손쉽게 재산을 불리면서 새로운 고정 수입을 낼 수 있기 때문이다.

내가 지금 살고 있는 동네는 만들어진 지 50년도 넘은 제법 오래된 곳이다. 낡은 건물이 많은 수도권의 동네가 대부분 그렇듯 이 동네도 내가 살아온 10년 남짓한 시간 동안에도 풍경이 깜짝 놀랄 정도로 많이 바뀌었다. 매년 엄청난 속도와 빈도로 공사판을 벌이고 있으니 변하지 않을 도리가 없는 것이다.

그런데 낡은 건물이 헐리고 새 건물이 들어서는데도 어째 동네 풍경이 좋아지기는 커녕, 오히려 조야하고 실망스럽게 변하는 경우가 더 많다. 갓 지어 깨끗한 건물인데도 그렇다. 건축 설계를 하는 나만 그렇게 느끼는 것일까? 그러나 새 건물들을 찬찬히 살펴보면 한 건물에 사용한 재료끼리도 색깔이나 질감이 서로 어울리지 않고 디테일은 몹시 투박하다는 걸 알 수 있다.

우리 동네에서 쉽게 볼 수 있는
신축 건물들의 모습

이는 건축주들이 설계비가 저렴한 소위 '허가방'에 설계를 의뢰해서 나타난 결과다. 허가방은 인허가에 필요한 최소한의 도면과 행정 절차만을 처리해주는 건축사사무소로, 건축 허가를 받아주는 게 주요 업무라서 그렇게 불린다. 그런 곳에서는 한 건물만을 위해 처음부터 고심해서 설계를 하는 것이 아니라, 기존에 가지고 있던 도면을 살짝만 다듬어서 주기 때문에 제대로 된 설계 서비스에 비해 비용도 기간도 절반 이하다. 알고 보면 비용 대비 설계의 수준 차이는 곱절 이상이 나는데도, 당장의 비용이 저렴하다는 이유로 대부분의 건축주들이 허가방 사무소의 설계를 선택하는 경우가 많다.

우리 동네 새 건물의 모습은 대략 이렇다. 폭 10미터 남짓, 높이 4~5층짜리 자그마한 건물인데 재료를 네댓 가지나 짬뽕해서 쓴다. 그중 질감이 전혀 다른 재료로 테두리를 만들기도 하는데, 1층과 2층 사이에 가로선을 긋기도 하고 창문 하나를 둘러싸서 마치 멍든 눈에 안대를 붙인 꼴로 만들기도 한다. 박공지붕이 아닌데도 최상층에서는 재료를 한 번 더 바꾸는 건물도 적지 않다. 그나마 재료의 가짓수가 벽돌을 중심으로 두세 가지 정도에 그칠 때면, 이번엔 그 벽돌 색깔을 여러 가지로 섞어서 사용한다. 주로 층마다 색을 바꾸는데, 그저 어떻게든 튀어 보이고 싶어 안달이 난, 화장을 서툴게 한 중학생 같기도 하다.

우리가 살고 있는 마을 혹은 도시는 여러 건물이 모여서 만들어진다. 설계 도면에서는 새로 지어질 건물이 마치 무대 위에 홀로 선 주연 배우처럼 혼자 서 있는 것처럼 보이지만, 실제 거리의 풍경에서는 그렇지 않다. 물리적으로는 옆 건물과 분리되어 있어도, 거리를 지나는 사람들이 인식하는 풍경 속에서 건물들은 서로 연결되어 있다.

그런데 지금 우리나라 허가방 도면으로 지어지고 있는 대부분의 건물들은 마치 무대 위에 홀로 서 있는 양 그 건물의 입면에서만 온갖 이야기를 풀어놓는다. 발단, 전개, 절정, 결말의 구성을 만들어 이야기의 절정처럼 건물에 포인트를 넣는다. 건물의 나머지 부분에 사용한 재료와는 확연히 다른 재료를 써서 외관을 지루하지 않게 만들겠다는 전략이다. 때로는 그런 전략이 필요할 수도 있다. 그러나 그 방식이라는 것이 그저 표면에 줄을 긋거나 딱지를 붙이는 식이라면 조잡해 보일 뿐이고 그렇게 각자의 포인트를 가진 건물들이 쭉 늘어서게 되면 도시의 풍경은 그저 지저분한 얼룩처럼 보이기 십상이다. 가만히 살펴보면 우리가 아름답다고 느끼는 유럽의 마을 풍경은 건물의 재료와 색상이 한두 가지로 통일된 경우가 많다. 그런데 우리 거리에는 그와는 정반대로 지나치게 많은 요소를 사용한 건물들이 유행처럼 여기저기 지어지고 있다. 그 모습을 볼 때마다 나도 모르게 한숨이 푹 나온다.

물론 모든 사람에게는 각자 고유한 취향이 있다. 건축주도 그렇고 설계자도 그렇고 그런 외관이 '정말 좋아서' 선택한 것이라면 내가 폄하할 수 없는 일이다. 그러나 만약 건축주가 모양에 대한 아무런 고민 없이, 그저 싸게만 지으면 그만이라는 마음가짐으로 소위 허가방 설계사무소에 설계를 의뢰한 결과가 이것이라면 정말 안타까운 일이 아닐 수 없다.

물론 허가방의 설계를 전부 엉터리라고 단정해서는 안 될 것이다. 그러나 시간과 정성을 들여 제대로 디자인한 건물과는 아무래도 질적인 차이가 있을 수밖에 없다. 특히 그 차이는 외관보다 내부 공간 설계에서 더 크게 벌어지니 건축주도 내 알 바 아니라고 신경 끌 일이 아니다. 건축 평면은 어떻게 조직하느냐에 따라 공간 사용의 효율성과 쾌적성이 하늘과 땅만큼 차이가 난다. 작은 건물, 작은 공간일수록 공간 사용의 효율은 훨씬 중요해진다. 그런데도 주변에는 성의 없는 설계로 공간을 허투루 버린 건물이 너무 많다. 알고 보면 싸구려 설계의 피해는 누구보다 건물을 사용하는 사람들과 건축주에게 가장 크게 돌아간다. 조야한 외관으로 풍경에 끼치는 해악은 어쩌면 부수적인 것일지도 모르겠다.

어쨌든 분명하고도 중요한 한 가지 사실은 값싼 설계가 거리 풍경을 점점 더 볼품없게 만들고 있다는 점이다. 왜 우리는 이런 풍경을 가진 거리를 걸어야 하고 그 속에서 살아가야 하는가?

설계사, 건축사,
건축가

이승환

놀랍게도 내가 선택한 직업은 여러 가지 명칭을 가지고 있다. 의사, 변호사, 작가, 음악가 등 전문성을 지닌 직업은 하나의 명칭으로 통하기 마련이고, 설령 다른 이름이 있더라도 글쟁이나 딴따라같이 특정한 맥락에서 쓰는 비공식적인 명칭들뿐이다. 그런데 건축 설계를 하는 이들은 왜 여러 이름으로 불리는 것일까? 아마도 건축이 우리 사회와 맺고 있는 복잡한 관계의 지형도에서 그 이유를 찾을 수 있지 않을까 싶다.

설계사무소를 개소하기 전에 가장 많이 들었던 명칭은 '설계사'다. 얼핏 보험 설계사를 연상시키는 이 명칭은 건축뿐 아니라 유무형의 모든 것을 설계하는 이들에게 붙일 수 있는 중립적인 단어다. 사실 건축 분야에서 가장 공식적이고 객관적인 명칭은 '건축사'지만, 이는 국가에서 정한 자격을 갖춘 전문가만이 쓸 수 있는 명칭이다. 따라서 상대가 소장인지 직원인지 애매하거나 자격이 있는지 없는지 확인하기 전까지는 '설계사'로 뭉뚱그려 부르는 것 같다. 종종 혼란을 피하고 직업적 전문성을 명확하게 하기 위해 '건축 설계사'라고 부르는 경우도 있지만, 이 역시 어디에도 정의되어 있지 않은 잘못된 명칭이기는 마찬가지다.

앞서 언급한 건축사란 사전적으로 '국토교통부로부터 자격증을 받아 건축물의 설계, 공사 감리 등의 업무를 행하는 사람'이다. 국토부에서 주관하는 '건축사 자격시험'이라는, 합격률이 매우 낮은 시험을 어렵사리 통과해야만 얻을 수 있는 국가 공인의 전문가라는 뜻이다. 여기에 애매함이란 전혀 없다. 건축사가 되어야 비로소 국가가 보증하는, 일정한 수준의 직능을 통해 사회가 요구하는 역할을 해낼 수 있는 자격이 주어지는 것이다.

가장 많은 혼란은 건축사와 건축가, 둘 사이에서 발생한다. 매우 주관적인 판단이기는 하지만 사용 빈도만 놓고 보면 건축가라는 명칭이 언중의 사랑을 더 많이 받는 듯하다. '가(家)'를 문화 예술 분야에서 자신만의 세계를 가진 창작자에게 붙일 수 있는 호칭이라고 본다면, 건축가는 건축이 가진 여러 측면 중에서 문화적 가치에 좀 더 집중하고 있다는 느낌을 준다. 말하자면 건축 설계를 통해 삶과 공간을 잇고 이로써 공동체의 문화적 자산에 켜를 더하는, 우리가 알고 있는 '집을 짓는' 직업 형태에 가장 가까운 단어라고 생각한다. 그렇다면 건축사는 건축가와 어떻게 다른가?

영어로는 건축사를 'registered architect(공인된 건축가)'라고 한다. 말하자면 건축가 중에서도 국가가 인정하는 자격 조건을 갖춘 건축가가 바로 건축사라는 뜻이다. 법률에 의거하여 설립된 우리나라의 공식 건축사 단체인 대한건축사협회(이하 건축사협회)의 입장이 이와 맥락을 같이한다. 흥미롭게도 영국에서는 architect(건축가)라는 용어 자체가 영국왕립건축사협회(Royal Institute of British Architects, RIBA)에 의해서 보호를 받고 있는데, 이는 자격증을 갖춘 건축가 이외에는 순수하게 architect라는 호칭을 쓸 수 없다는 뜻이다. 이러한 법적 장치를 통해 영국에서는 건축가와 건축사가 언어적으로 통합되어 있다.

우리나라 건축사협회는 건축가 대신 건축사라는 명칭을 쓰자는 운동을 벌이고 있다. 건축가라는 포괄적인 명칭이 광범위한 자격 미달의 자칭 전문가를 포장하는 수단으로 사용되고 있다는 우려 때문이다. 이제는 국가적 트라우마가 되어버린 여러 번의 건축물 붕괴 사고를 굳이 떠올리지 않더라도, 안전을 담보해야 하는 건축 설계가 미자격자에 의해 이루어져선 안 된다는 주장에 반박하기는 어렵다. 국가의 핵심은 시스템에 있으며, 비록 완벽할 수는 없어도 전문가의 자격을 보증하는 정책이나 제도가 작동하지 않는다면 이는 국민에 대한 의무를 국가가 져버리는 것이기 때문이다.

그렇다면 과연 모든 건축사는 건축가인가? 국가의 보증을 갖춘 엘리트이자 작가, 화가, 작곡가처럼 자기 세계를 가진 창작자로서 '가'를 붙일 수 있는가?

우리나라에 지어지는 모든 건축물은 법적으로 반드시 건축사가 설계해야 한다. 어마어마한 초고층 건물, 멋들어진 미술관, 아담한 카페, 예쁜 단독 주택뿐 아니라 우리의 일상 모든 곳을 빽빽하게 채우는 천편일률적인 아파트, 다세대, 근린생활시설도 여기에 포함된다. 그리고 그 수를 채우는 역할의 중심에는 인허가 업무 처리에 최적화된 허가방이 있다. 그리고 그런 허가방을 운영하는 건축사들이 건축사협회 회원의 절대 다수를 차지한다. 그럼 그들이 일반적인 의미로서의 건축가인가? 내가 알고 있는 상식으로는, 잘 모르겠다.

창작자로서의 자의식이 더 뚜렷하기 때문에 건축가가 건축사보다 우월하다거나, 아니면 건축사협회의 주장대로 국가에서 인정한 자격증을 갖추고 있기 때문에 건축사가 건축가보다 우월하다는 말을 하려는 것이 아니다. 이 문제의 핵심에는 우리 사회가 가진 건축 문화의 현실이 자리하고 있다. 바꾸어 말하면 고급 건축 시장과 중하급 건축 시장의 격차가 너무나 큰 것이 문제인 것이다.

다시 건축 문화를 말하자면, 유럽, 특히 스위스와 벨기에를 여행하면서 받았던 느낌을 말하지 않을 수 없다. 이들 나라가 세계에서 가장 부유한 축에 속한다는 것을 감안하고 보아도 상급 건축 시장과 중하급 건축 시장의 구분 자체가 어려울 정도로 그 격차가 거의 없다. 당연한 일이겠지만 설계비와 시공비의 수준도 우리보다 훨씬 높다. 그런데 우리나라의 현실은 그렇지 못하니, 건축 설계업이 고급 건축 시장을 담당하는 설계자와 중하급 건축 시장을 담당하는 설계자로 나뉘는 것은 어쩔 수 없다. 사실 건축 설계라는 직종에 속한 전문가의 스펙트럼은 실로 그 폭이 넓다. 사무실의 규모와 구성은 물론 일을 처리하고 건축주를 대하는 방식까지 서로 판이하다. 따라서 하나의 제도와 정책으로 이들의 요구를 모두 수용하는 것은 불합리할 수밖에 없다. 현실적으로 얼마나 가능할지는 몰라도, 건축과 관련된 제도와 정책은 이러한 차이를 염두에 두고 만들어져야 한다. 일례를 들면, 몇 년 전에 소규모 건축물의 감리를 설계자가 할 수 없도록 법을 바꾸는 문제가 건축계에 큰 이슈가 된 적이 있다. 표면적으로는 부실 감리를 막기 위한 취지였지만, 사실은 감리를 통해 끝까지 설계 의도를 실현하려는 측과 등록만 하면 안정적으로 확보되는 감리 일감을 원하는 측의 대립이 그 핵심이었다. 이러한 논란이 또 일어나는 것을 막기 위해서는, 건축계 내에 이해관계가 상충되는 전문가들이 존재한다는 것을 인정하고 이를 고려하여 제도와 정책의 조건들을 세심하게 첨가해나가야 한다.

사실 현재 건축계의 문제 중에는 건축 전문가를 동일한 요구를 가진 집단으로 가정하고 정책을 만들어왔기 때문에 발생한 것들이 꽤 있다. 무슨 안건만 있으면 서로서로 똘똘 뭉치는 의사회나 약사회와는 성격이 전혀 다르다. 그리고 무엇보다 다수의 논리를 앞세워 건축의 가치에 대한 입장이 다른 소수의 요구를 묵살해서는 안 된다. 동시에 멀리, 길게 보고 대중의 건축 문화에 대한 이해를 넓히면서 고급 건축 시장과 중하급 건축 시장의 격차를 줄이는 작업을 병행해나가야 한다.

사실 지금의 건축사냐 건축가냐의 논쟁은 헛된 일인지도 모른다. 일단 우리가 알고 있는 대다수의 건축가가 동시에 건축사이지 않은가. 아무리 언어가 사고를 정의한다고는 하지만, 품질은 그대로인데 무늬가 달라진다고 더 좋은 물건이 되지는 않는 것처럼 어떤 명칭이 주도권을 갖느냐의 문제는 본질을 비껴간 것이다. 중요한 것은 우리나라 건축 문화의 바탕이 탄탄해져서 도장만 찍어주고 건물은 아무래도 상관없는 무늬만 건축가인 건축사들이 소비자들의 선택을 받는 일이 줄어드는 일이다. 그래서 영국처럼 어느 순간 자연스럽게 건축사와 건축가가 하나로 통합되는 날이 오면 좋겠다. 그렇게 된다면 어떤 식으로 불려도 문제될 것이 없다.

건축가 없는
나라

전보림

나는 가끔 몹시 궁금해져서 누구든 붙잡고 물어보고 싶어진다. 근사한 건축물을 보면 무엇이 가장 궁금하냐고.

'이야, 건물 멋있네. 이건 무슨 건물인가?'

'누구 건물이지?'

'이런 건물은 지으려면 도대체 얼마나 들까?'

아무래도 우리나라 사람들은 건축물에 대해서 용도, 소유주, 건축비 정도만 궁금해하는 것 같다. 정말이지 누가 설계했는지를 알고 싶어 하는 사람은 별로 없다. 건축가인 나로서는 씁쓸하기 짝이 없는 이 현실은 건축 관련 뉴스를 볼 때마다 마주하게 된다. 그날그날의 사건 사고들로만 채워지던 뉴스에서 아주 가끔 건축 소식을 전할 때면 위의 세 가지 내용에 '언제'라는 항목만 추가하고 끝나버리기 때문이다. 뉴스가 조금 더 길어질 때는 세부적으로 어떤 시설이 들어가고 어떻게 생겼는지 설명하면서 앞으로 어떻게 쓰일 것으로 기대한다는 내용을 덧붙일 뿐, 누가 설계했는지를 밝히는 법은 거의 없다.

국가적으로 중요한 건축물인 국립중앙박물관의 착공 소식을 예로 살펴보자. 좀 오래된 사례이긴 하지만 국민적인 관심을 받았던 건축물이고, 그때의 뉴스나 지금의 뉴스나 그 결은 전혀 달라지지 않았다.

-앵커 : 반만년 역사를 담아낼 새 국립중앙박물관이 오늘 착공됐습니다. 용산 가족공원에 들어설 새 중앙박물관은 오는 2003년에 문을 여는데 대영박물관이나 루브르박물관 못지않은 규모와 시설을 갖추게 된다고 합니다.

-기자 : 국립중앙박물관으로 사용되던 옛 조선총독부 건물이 완전히 철거된 것이 1년 전, 5000년 우리 민족의 찬란한 문화유산을 보관 전시할 새 국립중앙박물관이 오늘 착공됐습니다. 용산 가족공원 공사 현장에서 열린 기공식에서 김영삼 대통령은 새 중앙박물관 건립이 우리 민족의 정체성 확립에 기여할 것이라고 말했습니다.

-김영삼 대통령 : 이 자리에 세워질 새 국립박물관은 문화국가 건설 의지를 상징하는 겨레의 기념비가 될 것입니다.

-기자 : 새 박물관은 규모와 시설 면에서 대영박물관과 루브르박물관 못지않습니다. 대지 면적 9만 2,000평,

연건평 4만 평에 지하 1층 지상 6층 규모로 지어질 새 박물관에는 모두 스물아홉 개의 전시실이 마련돼 8,000여 점의 유물이 전시됩니다. 전시된 유물은 첨단 정보 통신 설비를 통해 완전 자동 관리됩니다. 새 중앙박물관은 내부의 첨단시설 못지않게 풍부한 녹지에 야외 전시실과 놀이마당 등을 갖춘 복합 문화 공간으로 자리 잡게 됩니다. 동부건설 등 다섯 개 건설 회사가 공동으로 지을 새 박물관은 오는 2002년 건물 공사를 완료하고 1년간의 준비 기간을 거친 뒤 오는 2003년 12월 문을 엽니다.

귀를 쫑긋 세우고 '누가' 설계했는지 알려주길 기다려보지만, 뉴스는 거기서 딱 끝난다. 시공 회사의 이름은 빼놓지 않고 읊으면서 건축가의 이름은 쏙 빼놓는다. 아, 예외인 경우가 있기는 하다. 우리나라 건축가가 아닌 외국 건축가가 설계했을 때는 건축가의 이름을 꼭 밝혀준다. 웬 문화 사대주의인가 싶지만, 정말로 그렇다. 우리나라에도 분명 건축가가 있고, 건축가라는 직업이 있다는 것을 국민 모두가 알지만 한국의 건축가와 그 작품에 대해 궁금해하는 사람은 거의 없다. 우리나라 사람들이 건축에 관심을 가질 때는 오직 부동산과 관련이 있을 때뿐인 것 같다. 실제로 우리나라 포털 사이트에서 건축은 부동산 카테고리에 들어가 있다.

내가 잠시 살았던 영국에서는 건축과 인연이라곤 전혀 없는 사람조차도 건축가 한두 명 정도는 알고 있었다. 그 건축가가 설계한 건물이 뭔지 아는 것은 물론이고, 심지어 개인적으로 좋아하는 건축가도 있을 정도였다. 하긴 라디오와 텔레비전에서 건축가와 건축물에 대한 프로그램을 하루가 멀다 하고 방송하니 모를 수가 없는 것이다. 건축이 문화 예술인 나라와 부동산인 나라의 차이점이 바로 여기에 있다. 건축이 부동산인 나라의 국민은 고작 예능 프로그램에 나온 건축가의 이름과 그의 말재주만을 기억할 뿐이다.

건축가에 대해 별 관심이 없는 건 일반 시민들만이 아니다. 건축 행정을 하는 공무원도 별반 다르지 않다. 2019년, 넥스트 프리츠커상 프로젝트라는 웃지 못할 해프닝이 벌어진 적이 있었다. 프리츠커상은 건축계의 노벨상이라 불릴 정도로 세계적인 권위를 자랑하는 건축상으로, 건축가 개인에게 주는 상이다. 해마다 프리츠커상을 누가 받았는지를 두고 전 세계 건축인들의 이목이 집중되곤 한다. 그런데 신기하게도 우리나라 사람들은 어느 건축가가 받았는지보다 어느 나라의 건축가가 받았는지에 더 촉각을 곤두세우는 경향이 있다. 특히 중국과 일본의 스코어를 따지면서 우리나라와 비교한다. 중국 건축가는 몇 명이 받았고, 일본 건축가는 몇 명이 받았는데, 우리나라 건축가는 대체 언제쯤 받을 수 있겠냐는 것이다. 넥스트 프리츠커상 프로젝트

는 그런 관심의 정체가 알고 보니 순수한 호기심이 아닌 성마른 조바심이었음이 드러난 사건이다. 국토부에서 주관한 이 프로젝트의 내용은 알고 보면 가관이다. 건축과 졸업생들에게 비행기삯과 체재비 일부를 지원해 해외 건축사사무소에서 경험을 쌓을 수 있도록 돕고, 이를 통해 한국인 프리츠커상 수상자를 배출하겠다는 것이다. 공무원들은 우리나라 건축가들의 해외 경험이 모자라서 프리츠커상을 받을 만큼의 역량 있는 건축가로 성장하지 못했다고 생각하는 것일까.

어떻게 한국 건축계를 몰라도 이렇게 모를까 싶어 화가 나기보다 먼저 실소가 터졌다. 지금 활동하고 있는 한국 건축가 중에 유학 경험이 없는 토종 건축가가 오히려 더 드물다는 사실도 모른단 말인가. 실무 경험도 그렇다. 해외 유수 설계사무소에서 일했던 화려한 경력들이 워낙 많아서, 별로 유명하지 않은 사무실에서 일한 경력은 이력에 써넣기도 쑥스러울 지경이다. 더군다나 이런 내용은 비밀이 아니다. 지금은 암행어사가 발품으로 정보를 얻으려 다녔던 조선시대가 아니므로, 핸드폰으로 손가락만 몇 번 까딱해서 설계사무소 홈페이지만 찾아봐도 알 수 있는 것들이다. 프로젝트를 계획할 때 형식적인 조사라도 했다면 우리나라의 유명한 건축가고 신진 건축가고 할 것 없이 해외 경력이 차고 넘칠 만큼 있다는 걸 알았을 것이다.

어쩌면 이번 일을 통해 더 큰 문제점이 드러난 것일지도 모르겠다. 바로 건축 행정을 하는 공무원조차 한국의 건축가에 대해 거의 관심이 없다는 점이다. 건축 담당자도 모르는데, 일반인들이 건축가를 알 리 있을까. 그러니 공공 건축을 지을 때도 설계한 건축가가 누구인지 관심이 없고, 관심이 없으니 뉴스에서도 밝히지 않는 것이다.

사회 전반이 건축가에 대해 관심이 없는 것도 문제지만, 큰 건물은 큰 회사에서 설계해야 한다는 인식이 팽배한 것 또한 한국 건축가들 성장의 걸림돌이다. 대형 설계사무소는 큰 조직을 유지하기 위해 이윤과 효율에 충실해야만 하는 구조다. 그래서 회사에 속한 다수의 건축가들은 건축가 개인의 개성을 드러내기보다는 회사의 방침에 맞는 설계를 하므로 작품이라고 부를 만한 결과물이 지속적으로 나오기 어렵다. 건축은 영화처럼 한두 사람의 지휘 아래 처음부터 끝까지 밀고 나가야 완성도를 높일 수 있는 예술 작품이기에 지휘자인 건축가 개인에 대한 존중은 필수다. 프리츠커상을 회사가 아닌 개인에게 주는 이유도 여기에 있다. 그런데 공공 건축 과정만 봐도 우리나라에서 건축가들은 존중은커녕 무시당하기 일쑤다. 우리나라 사람들부터 한국 건축가를 존중하지 않는데, 어떻게 다른 나라 사람들이 우리 건축가들을 존중하고 큰 상을 주겠는가.

우리나라에서 프리츠커상을 받을 만한 세계적인 수준의 건축가를 양성하려면 먼저 문화로서의 건축이라는 토양을 두텁

게 만드는 노력부터 시작해야 한다. 보다 많은 사람들이 건축가를 알고, 건축 디자인에 관심을 가지며, 건축가의 능력을 존중하는 문화가 자리 잡아야 한다. 그래야 그 토양을 바탕으로 세계적으로도 눈에 띌 만큼 훌륭한 건축가가 아름드리나무처럼 자라날 수 있을 것이다. 지금 제법 뛰어난 실력을 가진 국내 건축가들이 화분 수준의 빈약한 토양에서 고군분투하고 있음을 건축 담당 공무원부터라도 인지해주었으면 좋겠다. 공공 건축을 조성하는 과정에서부터 건축가를 존중하는 의미로 정부의 보도자료에 제발 건축가의 이름을 좀 넣으란 말이다. 공공 건축을 통해 일반 사람들이 건축가의 존재를 알게 되고 누군지 관심을 갖게 된다면, 그리 멀지 않은 미래에 한국에서도 프리츠커상을 받는 건축가가 나오리라 믿어 의심치 않는다.

건축 커뮤니케이터가
필요하다

이승환

예전에 우리가 설계한 매곡도서관의 개관식에 참석했을 때의 일로 기억한다. 참석하신 시민 한 분이 '어머, 저 건축가 실제로 처음 봐요!'라고 하셨다. 그 순간 몇 가지 생각이 머리를 스쳤다. 건축가가 그렇게 흔치 않은 직업인가? 보통 사람들은 건축가에 대해서 어떤 생각을 가지고 있을까? 보통 어떤 경로를 통해 건축가를 접하게 될까? 건축을 문화로서 접하는 기회는 얼마나 많을까? 사람들은 몸이 아프면 의사를 만나고, 소송에 휘말리면 변호사를 만나며, 집을 지을 필요가 있으면 건축가를 만난다. 살다 보면 몸이 아픈 일이야 자주 있을 테고, 평균 수준의 준법정신이 있다면 소송에 휘말리는 일은 가끔 일어난다고 할 때, 집을 짓는 일은 기껏해야 일생에 한 번 있을까 말까다. 대중매체에서도 병원이나 법정을 소재로 한 드라마가 흔하고 관련 교양 프로그램도 심심치 않게 볼 수 있는데, 건축은 우리 삶의 바탕을 만드는 작업인데도 집을 소개해주거나 고쳐주는 TV 프로그램 이외에는 딱히 생각나는 것이 없다. 그러니 그분이 그런 반응을 보인 것도 놀랄 일은 아니리라. 그러나 다른 한편으로는 우리가 얼마나 자주 건축가를 매체에서 접하게 되는지 새삼 생각하게 되었다.

먼저 매일 아침 일곱 시에 시작하는 한 인기 라디오 프로그램의 고정 코너에 출연했던 김진애 박사가 떠올랐다. 아마도 공중파에서 유일하게 일반인과 정기적으로 소통하는 건축 관련 전문가가 아닐까 한다. 따로 라디오 프로그램을 진행하거나 TV에도 출연한 적이 있어 상당한 인지도를 가지고 있다. 스스로를 도시건축가라고 정의하고 있기에 다루는 이야기의 범위도 건축뿐 아니라 도시와 문화 전반에 걸칠 정도로 스펙트럼이 넓다. 건축 설계에 집중하는 건축가가 아니기에 건축계만의 뜨거운 이슈가 자주 다루어지지 않는 아쉬움은 있지만, 정치인으로서의 이력도 있는 만큼 대중적 친화력이 뛰어난 전문가로서 건축계의 중요한 자산임에는 틀림없다.

유현준 교수는 활발하게 작업하는 현업 건축가로서 대중적으로 널리 알려진 몇 안 되는 인물 중 하나다. 예전에 TV에 얼굴을 내밀던 몇몇 건축가들이 막상 건축계에서는 크게 주목받지 못했던 것과는 달리, 그는 여러 수상 실적이 말해주듯 실력이 검증된 건축가다. 게다가 방송뿐 아니라 저술과 기고 등을 통해 대중이 쉽게 이해할 수 있도록 건축계의 이슈를 명료하게 전달하는 능력이 있다. 이미 여러 책을 펴낸 바 있는 부부 건축가 임형남, 노은주도 EBS 프로그램에서 어렵지 않은 일상 언어로 집 이야기를 대중에게 친근하게 풀어놓고 있다는 점에서 주목할 만하다.

그런데 마치 당의정처럼 일상적 언어나 예능의 코드로 포장하지 않은, 좀 더 솔직하고 핵심에 가까운 건축 이야기를 접할 기회가 있던가? 내가 5년 동안 공부도 하고 일도 했던 영국은 유럽 본토의 스위스나 벨기에에 비해서는 상대적으로 건축의 수준이 낮은 편이었지만, 건축 문화에 대한 일반인의 이해도는 매우 높았다. 세계적인 건축가들의 사무소가 런던에 많이 몰려 있어서일까? 지하철에서 나누어주는 타블로이드판 무가지에는 새로 지어진 고층 건물에 대한 수준 높은 건축 비평이 실리곤 했고, BBC 라디오에서는 꽤나 전문적인 건축계의 논쟁이 일반인을 대상으로 버젓이 흘러나왔다.

아쉽게도 우리나라에서는 건축과 부동산이 종종 동의어처럼 취급된다. 그나마도 공공 건축처럼 사고 팔 수 없는 건축에 대한 이야기는 거의 찾아볼 수 없다. 가끔 신문에 건축전문기자의 글이 실리곤 하지만, 공간에 대한 소개 정도에 머무르는 경우가 많아 깊이 있는 시사점을 찾아보기는 어렵다. 아직까지 대중적인 영역에서 건축은 문화의 영역에 들어가지 못한 것 같다.

이와 정반대의 대척점에는 전문적인 건축 평론계가 존재한다. 이것은 말하자면 건축계의 핵심에 자리한 건축인들을 위한 논의의 장이다. 그런데 안타깝게도 계간 《건축평단》과 격월간 《건축 리포트 와이드》로 대표되는 우리나라의 건축 평론계는 몇몇 신선한 시도에도 불구하고 일종의 만성적인 무기력증에 빠진

듯한 모양새다. 얼마 전 한 비평상에 당선된 글의 주제가 한국 건축 비평의 무기력성에 대한 진단이었을 정도다. 그 글에서 지적하듯 '객관성을 담보하는 비평적 규범의 부재나 수직적 사회의 특성상 논박의 문화가 발달하지 않은 탓'도 크다. 달리 말해 한 다리 건너면 다 아는 사이인 좁은 건축계에서 누군가에게 잘못 보여 인생이 불편해질 것을 각오하고 굳이 쓴소리를 할 수 있겠냐는 것이다. 어쩌면 잘못 보이지 않으면서 하고 싶은 말을 하는 방법이 발달하지 않은 것일 수도 있다.

그러나 이 모든 현실을 곰곰이 곱씹어보면, 결국 사회 전반에 걸쳐 건축을 문화로 보듬으려는 인식이 충분히 형성되지 않은 것이 가장 큰 원인일 수 있다. 한마디로 기초 체력이 부족하다는 이야기다. 영국에서 보고 들은 것처럼 비평이 전문가의 전유물이 아니라 일반인도 어렵지 않게 향유할 수 있는 문화의 일부가 될 때, 단단한 토대 위에서 전문가들이 서로 얼굴 붉힐 일 없이 날카로운 논박을 주고받으며 건축계가 새로운 생명력을 얻을 수 있을 거라 믿는다.

그런 밑바탕 작업을 해내는 이를 나는 건축 커뮤니케이터라고 부르고 싶다. 한층 수준 높은 전문가 영역의 건축 비평이 제대로 자리를 잡기 위해 기초를 다지는 역할인 셈이다. 직접 건축 설계를 하는 선수보다는 글쓰기를 통해 자신의 시각을 일반인과 공유하는 데 능력이 최적화된 전문가면 더 좋겠다. 사실 이런 조건에 딱 들어맞는 인물이 있었다. 과거형을 쓰는 이유는 그가 너무 일찍, 피어나는 가능성을 활짝 펼치기 이전에 안타깝게 세상을 떠났기 때문이다. 바로 2014년 출장 중 심장마비로 유명을 달리한 《한겨레신문》의 구본준 건축전문기자다. 처음 그의 이름을 알게 된 것은 《한국의 글쟁이들》이라는 글쓰기에 대한 책을 통해서였다. 글쓰기라는 작업에 대한 그의 천착이 느껴지는 책이었다. 아마도 그 또한 그의 책에 등장하는 작가들처럼 지극스러운 한국의 글쟁이 중 한 명이 되고 싶었으리라.

그리고 내가 한 번도 직접 만난 적이 없는 그를 특별히 기억하는 것은 나와의 '있었을지도 모를' 인연 때문이다. 사실 그의 어머니와 나의 어머니는 친한 친구지간이다. 말하자면 그는 나에게 소위 '엄친아'인 것이다. 내가 건축을 전공했다는 것을 알고 두 분이 나중에 기회가 되면 서로 만나게 해서 건축 이야기를 나누는 자리를 마련해보자고 하셨단다. 그가 황망하게 세상을 떠났을 때 그의 가족이 느꼈던 상실감을 건축계의 누구보다 절절하게 전해 들었고, 그만큼 가슴이 더 아프고 안타까웠다. 누가 건축 커뮤니케이터로서 그의 자리를 대신할 수 있을지. 누가 그만큼 건축 이야기를 쉽고 재미있고 전달력 있게 풀어낼 수 있을지. 세월이 지나 그의 노력을 이어받을 누군가가 나타나기를 조심스레 희망해본다.

교수가 되지 못한
건축가

전보림

어느 분야나 마찬가지겠지만, 건축계 역시 각자의 처지에 따라 이해득실이 첨예하게 부딪히는 곳이다. 그래서 겁 없이 아무 글이나 쓰는 것처럼 보이는 나도, 어떤 주제에 대해서는 말을 꺼내는 일조차 매우 조심스럽다. 그렇게 어려운 주제들 중에서도 건축계에서 단연 까다롭고 예민한 주제는 아마 건축 설계를 하는 교수에 대한 이야기가 아닐까 싶다. 왜냐하면 건축계에서 건축학과 교수, 그중에서도 설계 분야의 교수는 건축가와 그야말로 복잡 미묘한 관계에 있기 때문이다. 그들은 대개 서로를 못 미더워하면서도, 때로는 동경하기도 때로는 무시하기도 한다. 그리고 이 관계의 가장 골치 아픈 부분은 교수와 건축가가 때로 동일인이기도 하다는 지점에 있을 것이다.

　우리나라에서 교수는 꽤 괜찮은 직업이다. 전공을 막론하고 그 분야의 전문가로서 인정과 존중을 동시에 받는다. 많은 사람이 선망하는 직업인 공무원도 아홉 시에 출근해서 퇴근하는 여섯 시까지 외근 나가는 시간을 제외하고는 꼬박 자리를 지켜야 하지만, 교수는 출퇴근 시간에 융통성이 있는 데다 직장인의 휴가와는 비교도 안 되게 긴 두 번의 방학까지 있다. 그뿐인가,

초중고 선생님들에게는 없는 안식년 제도가 있어서 6년마다 1년씩이나 쉴 수 있고 65세라는 긴 정년도 보장된다.

그렇다 보니 건축계에서도 교수가 되려는 경쟁이 점차 치열해져서 명문대 졸업, 명문대 유학, 유명 설계사무소 경력은 물론이고 건축사 자격증과 박사 학위 등 엄청난 스펙을 갖춰야 교수가 된다. 이걸로도 모자라 국제 설계 공모 수상 이력 혹은 유명 건축상 수상 경력까지 뒷받침이 되어야 한다니, 유학 경력만으로 차별화가 되었던 30~40년 전에 비하면 실로 어마어마한 경력 인플레다. 그래서 학교를 막론하고 대학교수는 물론이려니와 시간 강사만 되어도 능력 있는 사람으로 생각하는 분위기다.

게다가 10여 년 전만 해도 교수는 겸직 금지 규정이란 것 때문에 건축가로서 활동할 수 없었는데, 요즘은 겸직을 은근히 장려하는 학교도 있을 정도여서 교수이면서 건축가로 활동하는 사람이 꽤 많다. 다른 분야 같으면 곱지 않은 시선을 받아야 할 일이지만 건축은 분야의 성격상 실무 능력이 학문적 연구 능력 못지않게 중요하기 때문에 허용하는 방향으로 바뀐 듯하다.

그러나 아무리 학칙이 허용한다고 해도, 대학교수의 업무를 소화하면서 건축가의 일을 '전업' 건축가만큼 한다는 것은 현실적으로 쉽지 않다. 일주일에 하루 이틀만 나가도 되는 대학도 있긴 하지만, 우리나라 대부분의 대학은 일주일에 4일은 출근해야 하며 자잘한 기타 업무와 제출해야 할 연구 실적도 꽤 많은 편이다. 하긴 생계가 가능한 수준의 월급을 받으면서 그 정도 시간도 학교에 쓰지 않으면 학생들 입장에서는 서운한 일일 것이다. 겸업을 하는 교수는 그래서 잠잘 시간을 쪼개가면서 일을 한다고 들었다. 그런데 겸업을 하지 않는 전업 건축가도 잠잘 시간을 아껴가며 일하기는 마찬가지다. 그렇다 보니 건축가로서 상당한 명성을 쌓은 사람도 교수가 된 이후에는 과거에 비해 작품 활동에 힘이 빠지는 경우가 적지 않다. 모두가 꼭 그런 것은 아니지만 말이다.

건축가의 위상은 실제 지어진 건축물로 평가된다. 지어진 설계안은 없고 계획안만 있는 건축가들은 '페이퍼 아키텍트'라고 비하당하기도 한다. 아무리 유명한 대학의 건축학과 교수라 해도, 자신의 이름을 걸고 실제로 지어진 번듯한 프로젝트가 여럿 있지 않으면 건축하는 사람들 사이에서 건축가로 인정받기가 쉽지 않다.

그런데 우리나라 관공서에서는 교수는 '교수님'이라 부르며 깍듯이 대하면서도 건축가는 업자 취급하는 경우가 없지 않다. 또한 설계안을 심사하거나 자문하는 일, 또는 기본 계획을 할 사람을 찾을 때도 대학교수를 우선적으로 선호한다. 교수는 곧 객관적으로 능력을 검증받은 그 분야의 전문가라는 인식 때문일 수도 있겠고 업계에서 한 걸음 떨어져 있으니 한결 공정할 것이라는 기대 때문일지 모르겠다.

그러나 건축이라는 분야만큼은 세간의 인식과 다르게 생각할 부분이 많다. 일단 교수들이 항상 공정하고 옳은 판단을 하리라는 보장은 그 어디에도 없다. 그리고 무엇보다 중요한 사실은 실무에만 전념해서 완성도 높은 준공 작품을 꾸준히 만들어낸 건축가라면, 현실 건축에 대한 판단력이나 설계 실력만큼은 웬만한 교수 못지않다는 점이다. 그런데도 건축가에 대한 열악한 처우 때문인지 아니면 적은 설계비로 생계를 이어가기가 힘들어서인지, 어느 정도 이름을 얻은 건축가조차 학교에서 교수 임용 제안이 오면 응하는 경우가 적지 않다. 그러니 누가 보기에 교수 직함 없는 건축가는 교수가 되고 싶지만 되지 못해서 설계사무소만 하는 것처럼 보일지도 모르겠다.

그러나 사실 교수에 대한 뜻 없이 오롯이 설계에만 집중하는 건축가도 있다. 건축 설계라는 일 하나만 제대로 하기에도 너무 벅차고 힘들어서 나도 다른 일을 할 의욕도 자신도 없다. 게다가 지금으로선 야무진 꿈으로 보일지 모르겠으나, 내가 소망하는 사회는 다른 문화 선진국처럼 교수보다 오히려 건축가를 더 존중하는 사회다. 건축가가 교수가 되어 생계를 해결하면서 대접받으려 애쓰지 않아도 되는 사회. 건축가가 하는 일의 가치가 제대로 인정받는 사회. 그런 사회가 오기를 소망하고 있다.

건축가를 꿈꾸는
이들에게

전보림

나는 이제야 겨우 덜 수줍게 "제 직업은 건축가입니다"라고 말할 수 있게 된 젊은 건축가다. 여기서 '젊다'라는 표현은 물리적 나이를 의미하기보다는 내 이름으로 설계해서 지어진 건축물이 많지는 않은, 즉 경험이 아직 많지 않다는 의미가 더 강하다. 그러나 여기까지 오는 데만도 다른 건축가들처럼 짧지 않은 시간 동안 공부하고 실무 경험을 쌓아야 했다. 거기에 더해 여성인 나는 아이들을 낳고 키우면서 중간중간 출산과 육아를 위해 일을 쉬었기 때문에 더더욱 오랜 시간이 걸렸다. 어찌 되었건 건축가는 참으로 시간이 많이 필요한 직업이다. 전문성을 갖춘 직업인이 되기까지, 그리고 이 일을 해나가는 과정 또한 그렇다. 사실 건축 설계란 것 자체가 건축가의 시간으로 이루어지기 때문이다.

내 이름으로 사무실을 열고 일을 하면서도 여전히 건축가로서 부족한 점을 많이 느끼고는 있지만, 그래도 이 글에서는 건축가를 꿈꾸는 이들에게 필요한 것들이 무엇인지, 그리고 그것들을 갖추기 위해 어떤 노력을 해야 하는지에 대해서 이야기하고 싶다. 교과서에서는 다루지 않지만 분명 현실적으로 도움이 될 만한 몇 가지 이야기들은 할 수 있지 않을까 생각한다.

가장 먼저 하고 싶은 이야기는 학교 설계 수업에서 높은 점수를 받을 수 있어야만 건축가가 될 수 있는 건 아니라는 것이다. 학교를 다닐 때는 설계를 잘하는지가 건축가의 길을 갈지 말지를 결정하는 유일한 판단 기준일 것이다. 그러나 학교를 졸업하고 건축 실무 경험을 쌓아가다 보면 계획안을 그리는 일은 건축 설계에서 지극히 일부분에 불과하다는 현실을 깨닫게 된다. 건축 설계는 계획안을 진짜 건축물로 만드는 데에 훨씬 더 많은 시간과 노력을 들여야 하는 일이다. 법규를 비롯한 온갖 기술적인 자료를 조사해야 하고, 협력 업체와 전화하면서 도면을 주고받고, 상세 도면을 비롯한 수많은 도면을 그리고, 모형과 이미지를 만들고, 서류를 작성하고, 허가권자와 협의하고, 자재 견적서를 받고, 건축주와 회의하고, 이메일을 보내고, 현장에 변경 사항을 전달하고, 시공 상태를 점검하며 현장에서 시공사와 회의를 해야 한다. 그 과정에서 건축가는 건축주, 구조, 토목, 전기설비, 기계설비, 허가권자, 자재업체, 시공사, 거기다 사무실에서 함께 일하는 사람들 모두와 소통해야 한다. 그러므로 건축 설계일은 단순한 혼자만의 그림 그리기가 아니다. 사회와의 적극적인 접선이며 디자인을 실현하기 위해 필요한 커뮤니케이션 그 자체라고도 할 수 있다. 도면이라는 것도 사실 가장 효과적인 커뮤니케이션을 위해 존재하는 것이다. 그러니 그림을 잘 그린다고 건축가라는 직업에 대해 지나친 자신감을 갖는 것도 위험하지만, 한편으로 그림을 잘 못 그린다고 해서 건축가의 꿈을 일찌감치 접을 필요도 없다. 그리고 건축에서 커뮤니케이션 업무의 비중이 높다고 해서 소통 능력이 있는 사람만 건축가가 될 수 있는 것도 아니다. 모든 일은 차근차근 배워나갈 수 있기 때문이다. 다만 건축가에게는 소통 능력이 매우 중요하다는 것 정도는 미리 염두에 두고 적극적으로 그런 능력을 키우기 위해 노력할 필요가 있다.

나는 건축과 학생이라면 졸업하기 전에 설계사무소에서 인턴으로 일하는 경험을 꼭 가져보기를 권한다. 학사 과정에서 의무로 정한 한두 달 정도의 짧은 기간이 아닌 적어도 넉 달에서 반년 정도의 시간은 투자하는 것이 좋다. 건축 설계라는 일이 실질적으로 어떤 업무들로 이루어지며 어떻게 진행되는지 조금이나마 알 수 있을 뿐더러 그런 일을 보조하는 일이라도 경험함으로써 현실 속 건축가의 모습을 알 수 있고, 무엇보다 건축 설계가 자신의 적성에 맞는지를 가늠해볼 수 있기 때문이다. 학교에서는 절대 얻을 수 없는 소중한 경험이다. 자신에게 맞지 않는다 싶으면 다른 직업을 찾는 계기가 될 수도 있을 것이고, 잘 맞는다면 더 나아가 어떤 사무실이 자신에게 맞는지 탐색해볼 수 있는 기회가 될 것이다.

그리고 당연한 이야기지만, 설계사무소도 다 똑같지 않다. 회사 규모에 따라, 건축가가 누구냐에 따라, 사업 방향이나 운영

방식에 따라 제각기 그 성격이 다르다. 그래서 어떤 회사에서 혹은 어느 팀에서 실무를 시작하느냐에 따라 적어도 그 회사를 다니는 동안 배우고 경험하는 일의 성격이 결정된다. 특히 취업 후 첫 5년은 건축가로서의 성장 방향을 정하는 데 매우 중요한 역할을 하기 때문에 첫 직장 선택은 신중을 기해야 한다. 대학을 선택하는 것 못지않게 중요하다. 영국에서는 'year out'이라고 하여 1년 정도 휴학하고 실무 경험을 쌓는 경우가 흔하다. 요즘 한국도 휴학을 하고 긴 여행을 가거나 어학연수를 다녀오는 경우가 많은 것 같은데, 사실 건축가가 되려는 생각을 가지고 있다면 그 기간 동안 사무실에서 인턴으로 일하는 것만큼 실질적으로 도움이 되는 일도 많지 않을 것이다. 인턴을 하면서 사무실 소장님에게 좋은 인상을 심어줄 수 있다면 졸업 후 원하는 직장으로의 취업에 결정적인 도움이 될 수도 있다.

인턴 경험을 통해 건축 설계라는 일이 어떤 것인지 현장에서 직접 보고 경험하고서도 여전히 건축가가 되고 싶다면, 나는 그 선택을 기꺼이 응원할 것이다. 어떤 사무실에서 어떤 경험을 쌓아 어떤 건축가가 될지는 모르겠지만, 부디 분야를 막론하고 건축가로서의 의무를 성실히 수행하는 제대로 된 전문가 되기를 바란다. 학교에서도 가르쳐주지 않고 심지어 많은 설계사무소가 제대로 지키지 않지만, 사실 너무나 중요한 건축가의 책무가 있다. 그건 바로 시공사와 계약하기 전에 도면을 제대로 완성하는 일이다. 여기서 말하는 도면에는 말 그대로 평면도, 단면도, 입면도 등 기본적인 도면뿐만 아니라 디테일을 그린 상세 도면과 건물에 사용할 재료와 제품을 정확히 지정한 내용까지 포함되어야 한다. 건축 재료와 제품을 건물 사용자가 시공 과정에서 직접 결정해야 한다며 이상한 논리를 펴는 사람이 생각보다 많다. 기존 도면을 수정해서 주는 저렴한 설계 서비스인 허가방도 그런 논리를 이용해 제대로 완성되지 않은 도면을 건축주에게 넘긴다. 공사 범위와 수준이 명확하지 않은 도면으로 시공사와 계약을 하게 되면 그 피해는 결국 고스란히 건축주에게 돌아간다. 그건 건축가가 전문가로서 맡은 바 소임을 제대로 하지 못해서 벌어지는 일이다. 당장 눈앞의 한 건을 더 수주하고자 저가 설계비를 받고서 적은 대가를 핑계로 전문가로서 할 일을 제대로 끝내지 않는 것은, 멀리 봤을 때 건축가라는 직업이 공멸의 길을 걷도록 만드는 것이다. 적어도 앞으로 건축가가 될 사람들만은 무엇이 모두를 위해 더 나은 선택인지를 판단할 수 있었으면 한다. 그런 면에서 나는 이 사회에 진정한 건축가들이 더 많아졌으면 좋겠다.

마지막으로 부탁하고 싶은 것은 한국 건축계에 관심을 가졌으면 하는 것이다. 강의를 하면서 학교에 갓 입학한 새내기 건축학도들에게 좋아하는 건축물을 물어보면 대부분 외국의 건축물과 건축가만 이야기한다. 그건 그렇다 치더라도 열 명 남짓한 학생들 중에 한국 건축가의 이름을 하나라도 아는 학생이 단 한 명도 없다는 사실은 그야말로 충격이었다. 그중 대여섯은 자그마치 중학교 때부터 건축가의 꿈을 키워왔다는데도 말이다. 우리가 얼마나 건축 문화적으로 척박한 나라에 살고 있는지, 짐작만 했던 사실을 직접 확인한 것 같아 서글프기도 했다. 아무리 한국 현대건축이 세계적인 스타 건축가의 작품에 비해 초라해 보일지라도, 적어도 건축가의 길을 가려는 사람만큼은 한국 건축가들에게 관심을 가질 필요가 있다. 건축가에게는 세상의 모든 건축이 다 배움의 바탕이 된다. 건축물을 보면서 해야 할 것과 하지 말아야 할 것을 모두 배울 수 있기 때문이다. 특히 건축물은 사진으로 보는 것에 비해 직접 가서 보면 훨씬 더 많은 것을 보고 느낄 수 있다. 그러니 내 주변, 혹은 직접 가볼 수 있는 한국의 건축으로부터 현실적으로 더 많이 배울 수 있다. 그러려면 자연히 한국의 건축가들 중에 실력 있는 건축가가 누구인지, 그들이 한 최근 작품이 무엇인지 관심을 가져야 한다. 그리고 무엇보다 학생들 역시 한국의 건축가가 될 것이 아닌가? 우리는 그런 면에서 하나로 연결된 운명 공동체다. 우리부터 한국 건축가를 존중해야 건축가로 일하면서 그렇게 존중받게 될 것이기 때문이다. 그런 미래에는 이 사회의 건축적 수준이 높아져 있기를, 그리고 지금보다는 건축가의 사회적 지위가 한층 향상되어 있기를 소망한다. 그렇게 될 수 있도록 우선 나부터 열심히 노력할 것이다.

나오며:

세상을 바꾸는 힘

전보림

"기회는 평등할 것입니다. 과정은 공정할 것입니다.
결과는 정의로울 것입니다."

문재인 대통령의 취임사 중에 유난히 내 가슴을 뛰게 했던 구절이다. 정치인이 하는 말에 마음이 설렌 것은 그야말로 머리털 나고 처음이었다. 아, 앞으로 진정 그런 세상이 올까? 건축 설계를 업으로 삼은 내가 사회에서 경험했던 첫 번째 부조리는 건축 설계 공모전이었다. 온갖 반칙과 술수와 엉터리가 난무하는 설계 공모전이, 새로운 대통령의 시대에선 조금이라도 공정해질 수 있을까? 내겐 너무나도 절실한 문제였던지라, 나는 조심스레 희망을 품어보았다.

그러나 문재인 대통령이 취임한 지 3년이 지나도록 정작 나를 둘러싼 세상은 달라진 것이 거의 없어 보였다. 공공 기관

홈페이지는 액티브엑스만으로는 성에 안 찬다는 듯 낯선 이름의 보안 프로그램들을 안 그래도 버벅대는 내 컴퓨터에 끊임없이 설치했고, 교육청은 시공 과정에서 건축가가 지정한 재료를 바꾸려 수를 부렸고, 설계 공모전에서는 로비를 일삼는 회사의 허접한 안이 꾸준히 당선되었다. 저렇게나 멋진 목표를 가진 사람이 대통령이 되었는데, 슬프게도 우리나라는 조금도 변하지 않은 것 같아 보였다.

곰곰이 생각해보면 지극히 당연한 일이다. 결국 바뀐 것은 대통령과 청와대, 다시 말해 행정 부처의 일부 구성원뿐이다. 그 외의 사람들은 모두 원래 자리에 그대로 있는 것이다. 심지어 정부 부처마저도 관료 조직은 그대로이고 교육청 사람들 또한 그대로다. 대통령이 바뀌었다고 교육청 주무관을 교체할 리도 없고 국토부 장관이 바뀌었다고 부장이나 과장을 다른 사람으로 바꿀 리 만무하다. 건축 설계 공모전의 운영이나 심사도 여전히 똑같은 사람들이 똑같은 방식으로 하고 있다. 결국 이 사회를 이루고 있는 개개인이 그대로니, 대통령이 바뀐다 해도 크게 달라질 리가 없는 것이다.

그런데 개개인이 그대로여서 사회가 바뀌지 않았다는 사실은 달리 생각해보면, 개개인이 변화함으로써 사회를 바꾸어나갈 수 있다는 뜻이기도 하다. 영화 〈1987〉에서도 그랬다. 사회를 바꿔나갔던 것은 대통령이 아니라 여러 개인이었다. 다들 대단한 사람도 아니었고, 한 사람이 여러 가지 일을 한 것도 아니었다. 평검사, 부검의, 신문사 편집국장, 평기자, 교도관, 대학생……. 그저 모두가 자기 자리에서 마땅히 해야 한다고 생각한 한 가지 일을 했을 뿐이다. 물론 한 조각 용기를 냈기에 할 수 있는 행동이기는 했다. 그러나 거대한 사회의 관점에서 볼 때 그 움직임은 잘 보이지도 않을 만큼 미세한, 겨우 딱 한 걸음 정도이기도 했다. 권력 없는 개인이 할 수 있는 행동이란 그다지 많지 않기에. 그러나 그 작은 한 걸음 한 걸음이 모여서 결국 세상을 바꾸는 큰 한 걸음이 되었던 것이다.

개인은 누가 밟으면 쉽게 짓이겨질 연약한 나비일지도 모른다. 그러나 연약한 나비의 날갯짓이 발단이 되어 예상치 못한 엄청난 결과를 가져올 수도 있다. 그래서 생긴 말이 '나비 효과'다. 한 사람의 작은 발걸음이 누군가의 발걸음으로 이어지고 또 이어지는 것이야말로 세상을 조금씩 더 앞으로 움직이게 만드는 힘이 된다. 하여, 그렇게 한 사람 한 사람이 그저 해야 할 일을 한다면, 많은 사람의 소망인 '과정은 공정하고 결과는 정의로운' 사회로 분명 한 걸음 더 다가서게 될 것이다. 세상을 바꾸는 것은 대통령이 아니다. 바로 우리들이다.

부부 건축가 생존기,
그래도 건축

초판 1쇄 발행일 2020년 7월 13일
초판 2쇄 발행일 2020년 12월 30일

지은이 전보림, 이승환

펴낸이 김효형
펴낸곳 (주)눌와
등록번호 1999.7.26. 제10-1795호
주소 서울시 마포구 월드컵북로16길 51, 2층
전화 02-3143-4633
팩스 02-3143-4631
페이스북 www.facebook.com/nulwabook
블로그 blog.naver.com/nulwa
전자우편 nulwa@naver.com
편집 김선미, 김지수, 임준호
디자인 이현주

책임편집 김선미
표지·본문 디자인 로컬앤드

제작 진행 공간
인쇄 현대문예
제본 장항피앤비

ⓒ눌와, 2020
ISBN 979-11-89074-18-0 (03810)

※이 도서의 국립중앙도서관 출판예정도서목록(CIP)은
  서지정보유통지원시스템 홈페이지(http://seoji.nl.go.kr)와
  국가자료종합목록 구축시스템(http://kolis-net.nl.go.kr)에서
  이용하실 수 있습니다. (CIP제어번호 : CIP2020026665)
※책값은 뒤표지에 표시되어 있습니다.